KB168760

수필, 이렇게 써보자

수필,
이렇게 써보자

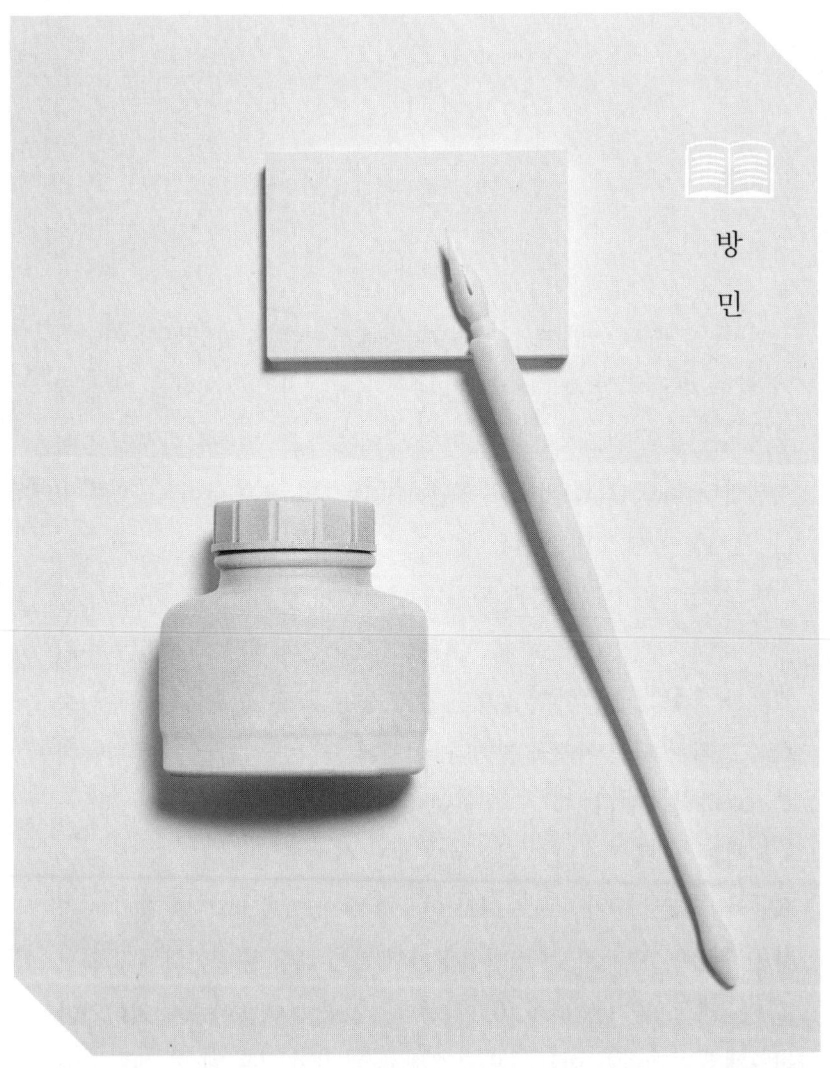

방민

태학사

| 서문 |

이 책은 『수필, 제대로 쓰려면』의 자매서이다. 수필 창작을 이해하기 위한 내용이 앞 책의 중심이라면, 『수필, 이렇게 써보자』는 실제 창작 수련용의 워크북이다. 어떠한 글이든지 그 본질을 아무리 깊이 이해한다 해도, 직접 써보고 훈련하지 않으면 좋은 글이 나올 수 없다. 본서를 함께 펴내는 이유다.

별책으로 묶어내는 것은 독자가 편리하게 사용하도록 함이다. 앞 책의 중요 내용을 충분하게 이해했더라도 본서에서 제시하는 수련 과제를 충실하게 익히지 않으면 결코 좋은 글을 쓸 수 없거나, 능숙한 수필가가 되긴 어려울 것이다. 여기에 제시한 창작의 실제 연습에 부지런하길 바란다.

본서는 앞 책을 장별로 이해하고 바로 이어서 실습해도 좋고, 모든 내용을 읽고서 순차적으로 따로 이용할 수도 있다. 하지만 필자는 전자를 추천한다. 서로 깊이 연결되어서 앞선 내용을 충분하게 익히고 그 다음으로 옮기는 것이 바람직하다. 각 장의 내용이 독립적이지만 전일체로 통합해서 이해하고 습작해야 한 편의 글을 제대로 쓸 수 있다고 보기 때문이다.

글쓰기의 비법이나 왕도는 없다. 다만 기본 원리를 이해하고 끊임없는 습작 노력이 이에 가까이 다가갈 수 있다. 필자의 이 책도 마찬가지다. 절대적이거나 완벽하지 못하며 여러 가능한 방법 중 하나일 뿐이다. 필자가 그간 공부하고 경험한 것을 조금 나누어 보일 따름이다. 얼마든지 이와 다른 원리와 방법이 있을 수 있다. 이점을 이해하고 본서를 읽고 꾸준히 수련하길 권한다.

글은 물론이고 세상의 모든 배움은 훌륭한 스승으로부터 배우는 것이 정답이다. 하지만 여러 사정으로 그럴 수 없는 경우도 적지 않다. 이 『수필, 이렇게 써보자』는 선생 없이 독학으로 글쓰기를 익히려는 분께 특히 도움이 되도록 엮는다. 『수필, 제대로 쓰려면』의 원론을 충실히 이해한 독자라면, 이 책에서 제시한 예문과 해설을 참조하여 습작에 매진한다면 반드시 바람직한 결실을 맺을 수 있으리라 믿는다. 이 책을 펴는 또 다른 이유다.

두 책이 상호 연계된 만큼 이체동심異體同心으로 활용하여 독자가 기대하는 성과를 이루기 바란다. 이 책은 수필 창작 수련의 시작이다. 이에 머무르지 않고 꾸준히 탐구하고 습작하여 문학 수필의 작가로 대성하길 기원한다. 필자는 진심으로 여러분을 응원한다.

2017년 7월

壽峯樓에서

| 목차 |

1

제재 고르기

1) 체험한 것

〈수련 과제 1〉 다음 중에서 제재를 골라보자.

(1) 성장기

예) 동생과 싸우다 엄마한테 혼났던 일

_______________________________ 일

_______________________________ 일

_______________________________ 일

··· 초등학생 때; 학교에서 있었던 일, 친구와 다투었던 일

예) 선생님 심부름으로 교무실에 갔다가 일어났던 일

_______________________________ 일

_______________________________ 일

_______________________________ 일

··· 중·고 시절; 친구와 겪었던 여러 가지 일

예) 학교 앞 분식집에서 떡 볶음 사먹다 선생님께 들켰던 일

_______________________________ 일

_______________________________ 일

_______________________________ 일

(2) 가정생활

…› 자식에 관한 일

예) 졸업식에 참석하지 못했던 일

______________________________ 일

______________________________ 일

______________________________ 일

…› 남편 또는 아내와 체험한 일

예) 처음으로 꽃다발을 받거나 주었던 일

______________________________ 일

______________________________ 일

______________________________ 일

…› 친인척과 겪은 일(기쁘거나 속상했던 일, 오해했던 일, 아름다운 체험)

예) 명절에 다투었던 일

______________________________ 일

______________________________ 일

______________________________ 일

…› (시)부모 또는 친정부모와 체험한 일(칭찬하고 싶던 일, 반성해야 할 일, 미안하거나 사과 하고 싶은 사건)

예) 생신에 전화도 자주 못한 일

______________________________ 일

______________________________ 일

______________________________ 일

(3) 개인

···› 즐거웠던 일

예) 그녀(그이)를 처음 만났던 일

______________________________일

______________________________일

______________________________일

···› 괴로웠던 일

예) 거짓말을 하고 가슴이 아팠던 일

______________________________일

______________________________일

______________________________일

···› 무서웠던 일

예) 골목길에서 뒤 따라오던 발소리에 놀랐던 일

______________________________일

______________________________일

______________________________일

···› 가슴을 뛰게 하던 일

예) 엄마(아빠)가 되었던 날

______________________________일

______________________________일

______________________________일

···▸ 울었던 일

예) 석양을 보면서 울컥했던 일

______________________________ 일

______________________________ 일

______________________________ 일

···▸ 놀라웠던 일

예) 우리나라에 지진이 일어나 놀랐던 일

______________________________ 일

______________________________ 일

______________________________ 일

···▸ 비밀스러운 생각을 품었던 일

예) 여자(남자)로의 변신을 생각했던 일

______________________________ 일

______________________________ 일

______________________________ 일

···▸ 우스웠던 일

예) TV에서 보았던 우스웠던 일

______________________________ 일

______________________________ 일

______________________________ 일

···› 기막히던 일

예) 원하던 시험에 떨어져서 막막했던 일

______________________________ 일

______________________________ 일

______________________________ 일

···› 도망치고 싶던 일

예) 사는 게 힘겨워 멀리 사라지고 싶었던 일

______________________________ 일

______________________________ 일

______________________________ 일

···› 꿈속에서 일어난 일

예) 돌아가신 분을 꿈속에서 뵈었던 일

______________________________ 일

______________________________ 일

______________________________ 일

(4) 사회생활

···› 물건 사면서 일어났던 일(옷, 신발, 안경, 스마트폰, 책 등)

예) 사온 신발이 맞지 않았던 일

______________________________ 일

______________________________ 일

______________________________ 일

…→ 미장원과 이발소(목욕탕, 사우나장, 찜질방, 수영장, 백화점)에서 일어났던 일

예) 찜질방에서 친구를 오랜만에 만난 일

____ 일

____ 일

____ 일

…→ 운동과 취미 생활하면서 일어났던 일(등산, 트레킹, 하이킹, 썰매, 스키, 볼링, 탁구, 축구, 골프, 스포츠 댄스, 서예, 악기 연주, 합창단 활동 등)

예) 썰매 타다 사고가 날 뻔 했던 일

____ 일

____ 일

____ 일

…→ 음식점에서 일어났던 일(찻집, 술집 등)

예) 주문한 것과 다른 음식이 나왔던 일

____ 일

____ 일

____ 일

…→ 기타 체험한 일(즐거웠던 일, 잊을 수 없는 일, 미안했던 그날의 일, 사과하고 싶은 사건, 확인하고 싶었던 일, 궁금했던 말, 아쉬웠던 그 시간, 아름다운 추억으로 기억하는 일, 우리만의 비밀, 숨기고 싶었던 사연, 보고 싶은 친구, 함께 여행하고 싶은 친구 등)

예) 보고 싶은 어릴 때 친구들

____일

____일

____일

2) 관찰한 것

〈수련 과제 2〉 다음을 관찰하여 제재를 골라보자.

(1) 사물

예) 스마트폰

⋯▸ 스마트폰은 직사각형인데 모서리가 둥글다(외형 관찰); 반듯하고 정직하게 살면서 융통성을 가져야 한다(인생적 의미).

스마트폰은 _______________________________________;

____

스마트폰은 _______________________________________;

____

스마트폰은 _______________________________________;

____

텔레비전은 _______________________________________;

____

텔레비전은 _______________________________________;

____

텔레비전은 ______________________________;

____

냉장고는 ______________________________;

____

냉장고는 ______________________________;

____

냉장고는 ______________________________;

____

자동차는 ______________________________;

____

자동차는 ______________________________;

____

자동차는 ______________________________;

____

지하철은 ______________________________;

____

지하철은 ______________________________;

____

지하철은 ______________________________;

____

식탁은 ____________________;

____

식탁은 ____________________;

____

식탁은 ____________________;

____

소파는 ____________________;

____

소파는 ____________________;

____

소파는 ____________________;

____

항아리는 ____________________;

____

항아리는 ____________________;

____

항아리는 ____________________;

____

구두는 ____________________;

____

구두는 ____________________;

____

구두는 ______________________________;
____

모자는 ______________________________;
____

모자는 ______________________________;
____

모자는 ______________________________;
____

가방은 ______________________________;
____

가방은 ______________________________;
____

가방은 ______________________________;
____

______는(은) ______________________________;
____

______는(은) ______________________________;
____

______는(은) ______________________________;
____

(2) 식물

예) 장미꽃엔 가시가 있다(외형적 특징); 아름다움엔 대가를 지불해야 하듯 미녀박명이 그러하다(세상사적 의미).

소나무는 ______________________________;
____

소나무는 ______________________________;
____

선인장은 ______________________________;
____

선인장은 ______________________________;
____

산세베리아는 ______________________________;
____

산세베리아는 ______________________________;
____

해피트리는 ______________________________;
____

해피트리는 ______________________________;
____

고무나무는 ______________________________;
____

고무나무는 ______________________________;
____

목련은 ______________________________;
____

목련은 ______________________________;
____

개나리는 ______________________________;
____

개나리는 ______________________________;
____

______는(은) ______________________________;
____

______는(은) ______________________________;
____

(3) 동물과 곤충

예) 고양이는 부드러운 털 속에 날카로운 발톱을 숨기고 있다; 겉만 보고 쉽게 내면을 판단하는 건 위험하다.

강아지는 ______________________________;

____

젖소는 ______________________________;

____

돼지는 ______________________________;

____

말은 ______________________________;

____

낙타는 ______________________________;

____

개미는 ______________________________;

____

벌은 ______________________________;

____

모기는 ______________________________;

____

______는(은) ____;

____

(4) 스포츠

예) 야구 경기는 역전승이 더욱 짜릿하다; 인생에서도 역전할 수 있으니 희망을 품어본다.

축구는 ____;

____

피겨스케이팅은 ____;

____

스키는 ____;

____

자동차 경주는 ____;

____

마라톤은 ____;

____

______은(는) ____;

____

(5) 신체

예) 손으로 날아오는 물건을 잡는다; 손처럼 날아다니는 행운을 잡아낼 수 있을까?

얼굴은 ______________________________;
____

코는 ______________________________;
____

눈은 ______________________________;
____

입은 ______________________________;
____

발가락은 ______________________________;
____

머리칼은 ______________________________;
____

______는(은) ______________________________;
____

3) 조사한 것

〈수련 과제 3〉 다음을 조사하여 제재를 골라보자.

(1) 베스트셀러; "어떤 기간에 가장 많이 팔린 물건. '인기 상품'으로 순화"가 사전적 의미이다. 그리고 베스트셀러는 ____________

____

____

____

문학지; ______________________________________

____

____

____

____

수필; ____

____

____

____

____

시조; ____

____

____

____

문학; ______________________________

____

____

____

____

(2) 서간문; ______________________________

____

____

____

____

칼럼; ______________________________

____

____

____

____

논설문; ______________________________

____

____

____

____

기행문; ____________________

감상문; ____________________

(3) 전철; ____________________

커피; ____________________

목화; ______________________________

____

____

____

____

와인; ______________________________

____

____

____

____

독도; ______________________________

____

____

____

____

태극기; ______________________________

____

____

____

____

한복; ______________________________

(4) 한국인; ______________________________

고추; ______________________________

한글; ______________________________

전화; ____________________

____

____

____

____

담배; ____________________

____

____

____

____

4) 독서한 것

〈수련 과제 4〉 다양한 책을 읽고 제재를 골라보자.

(1) 문학서; 수필(집); ____________________

____

____

시(집); ____________________

____

____

소설(집); ______________________________

____

____

(2) 교양서; ______________________________

____

____

인문서; ______________________________

____

____

철학서; ______________________________

____

____

예술서(음악, 회화, 조각, 건축, 무용 등); ______________________________

____

____

역사서; ______________________________

____

____

(3) 자연과학 서적; ____________________

지리서; ____________________

여행서; ____________________

종교도서; ____________________

(4) 기타 취미 도서; ____________________

주제 잡기

1) 주제 잡기 요건

〈수련 과제 1〉 체험과 관찰에 따른 제재에서 4가지 요건(내용/범위/작가/독자)에 맞도록 주제를 잡아보자.

(1) 친구

① 내용 예) 거짓을 모르는 친구 영수; 진선미 탐구

② 작가 ______________________________

③ 범위 ______________________________

④ 독자 ______________________________

(2) 가족

① 내용 ______________________________

② **작가** 예) 학교를 다니지 않았는데 이름을 쓸 줄 아는 할머니; 나만 아는 비밀

③ 범위 ______________________________

____

④ 독자 ______________________________

____

(3) 나

① 내용 ______________________________

____

② 작가 ______________________________

____

③ **범위** 예) 엄지발가락의 혹; 작은 범위의 고민

④ 독자 ______________________________

____

(4) 사회

① 내용 ______________________________

____

② 범위 ____

____

③ 작가 ____

____

④ 독자 예) 금연 아파트에 사는 애연가의 해결책; 공감할 환경 문제

2) 주제문 작성

〈수련 과제 2〉 다음 주제(앞의 주제 잡기)의 주제문을 써보자.

(1) 친구 예)영수는 거짓말을 하지 않아서 존경스럽다.

(2) 가족 ____

____

(3) 나 ____

____

(4) 사회 ____

____

3

문장 쓰기

1) 단어와 문장

〈수련 과제 1〉 – 다음 문장에서 틀린 곳을 바로 잡아보자.

① 차가 막혀 지각하였다.

…▸ ______________________________

② 사람을 실은 버스가 왔다.

…▸ ______________________________

③ 차선 변경을 하다 접촉사고가 났다.

…▸ ______________________________

④ 외국서 오는 손님을 배웅 나갔다.

…▸ ______________________________

⑤ 한참 일할 나이에 그는 퇴직을 당했다.

…▸ ______________________________

⑥ 결혼식 와중에 사회자가 재미있는 이벤트를 선보였다.

…▸ ______________________________

⑦ 위쪽에 사진이 세 장 걸려 있었다.

⋯▸ ______________________________

⑧ 우리 동네 슈퍼 아저씨는 참 주책이다.

⋯▸ ______________________________

⑨ 이분이 그 미담의 장본인이다.

⋯▸ ______________________________

⑩ 내 발 밑에서 낑낑거리는 강아지를 쳐다보았다.

⋯▸ ______________________________

〈수련 과제 2〉 다음 문장을 10개 이상 다양하게 표현해보자.

① 그녀는 아름답다. ⋯▸ 그녀는 꽃처럼 아름답다.

② 산에 혼자 오른다. ⋯→ 메아리가 사는 곳에 혼자 오른다.

③ 영수는 웃는다. ⋯→ 영수는 멋쩍게 웃는다.

④ 열차가 달린다. ⋯→ 급행열차가 달린다.

⑤ 멍멍이를 노려본다. ⋯→ 나를 보고 짖는 멍멍이를 노려본다.

⑥ 그이가 노래를 부른다. ⋯→ 그이가 나를 위해 노래를 부른다.

⑦ 꽃을 그녀에게 보낸다. ⋯→ 장미꽃을 그녀에게 선물로 보낸다.

⑧ 책을 도서관에서 읽는다. ···› 책을 도서관에서 읽고 서평을 쓴다.

⑨ 가끔 영화관에 간다. ···› 친구를 만나서 가끔 영화관에 간다.

⑩ 언제나 마음은 태양. ⋯▸'언제나 마음은 태양'이란 영화를 본다.

2) 간결한 문장

〈수련 과제 3〉 다음 문장을 간결하게 고쳐보자.(아래의 예문은, 金昌辰, 『작문의 정석』, 삼영사, 2016. 34-132면에서 일부 인용하고, 첨삭하고 보충하였다.)

① 노사정 협상이 가까스로 타결이 됐다.

⋯▸

② 협력업체는 기한 안에 납품을 하려고 애를 썼다.

⋯▸

③ 인공 지능은 상황에 맞게 자연스러운 인사를 할 수 있다.

⋯▸ ______________________________

④ 보이스피싱 주모자는 실업자에게 인출책을 하라고 제안을 했다.

⋯▸ ______________________________

⑤ 통일은 꾸준히 교류와 협력을 통해 차근차근 준비를 해나가야 한다.

⋯▸ ______________________________

⑥ 네가 아주 예쁘다고 말을 했다.

⋯▸ ______________________________

⑦ 나쁜 것은 쳐다보지를 말고, 생각을 하지 말자.

⋯▸ ______________________________

⑧ 고위급 채널 등을 통해 적극 문제를 제기하기로 했다.

⋯▸ ______________________________

⑨ 길거리에서 조폭들이 싸우고 있고, 행인들이 구경을 하고 있었다.

⋯▸ ______________________________

⑩ 연습을 계속 하다 보면 성공을 할 수도 있다.

⋯▸ ______________________________

〈수련 과제 4〉 다음 문장을 간결하게 고쳐보자.

① 아름다운 꽃들이 피었다.

…▸ ______

② 이 봄에 새로운 삶의 의미를 찾아보자.

…▸ ______

③ 소슬한 바람이 불어와 쓸쓸한 마음이 된다.

…▸ ______

④ 온 산을 물들이는 단풍은 붉은 치마폭 같다.

…▸ ______

⑤ 창공에 반짝이는 뭇별과 같이 산과 들에 피어나는 아름다운 꽃들과 같이 이상은 실로 인간의 부패를 방지하는 소금과 같다 할 것이다.

…▸ ______

⑥ 많은 비가 내렸다.

…▸ ______

⑦ 그 남자는 담대한 성격을 지녔다.

…▸ ______________________________

⑧ 우리는 슬픈 노래를 불렀더니 울적한 마음이 들었다.

…▸ ______________________________

⑨ 답답한 마음을 풀려고 우리 집 야트막한 뒷산을 천천히 올라갔다.

…▸ ______________________________

⑩ 하얀 눈이 소복하게 내리니 온 세상이 설국 속에 푹 빠진 듯 너무 아름답다.

…▸ ______________________________

〈수련 과제 5〉 다음 문장을 간결하게 고쳐보자.

① 나는 어제 집에 갔다. 내가 냉장고를 열었더니 아무 것도 없었다.

…▸ ______________________________

② 신록을 대하고 있으면, 신록은 먼저 나의 눈을 씻고, 나의 머리를 씻고, 나의 가슴을 씻고, 다음에 나의 마음의 모든 구석구석을 하나하나 씻어낸다.

…▸ ______________________________

____

③ SNS를 하지 않는 이점 가운데 하나는 시간 낭비를 막는 것이다.

…›

④ 나이아가라 폭포는 내가 본 폭포 중에 세찬 폭풍이 몰아치는 듯 물결이 세게 일어 바다처럼 무서워 보였다.

…›

⑤ 나는 연애를 꿈꾸는 청춘들에게 묻고 싶은 말이 있다.

…›

⑥ 내가 처음으로 가본 외국 도시는 북경이다.

…›

⑦ 그럼에도 불구하고 나는 S대 법학과로 진학했다.

…›

⑧ 나의 학창 시절에 자취하는 친구들의 초대를 받아, 저녁을 먹고 밤늦게 집에 돌아와, 책상 위에서 메모를 정리하려고 포켓을 뒤졌으나, 내 노력은 헛것이었다. 이날 밤, 잠들기 전의 일과는 상식을 벗어나, 내 마음을 진정시킬 길이 없었다.

…›

⑨ 인터넷에서의 글쓰기라 해서 지면에 글을 쓰는 것과 다르게 생각할 필요는 없다.

⋯▸

⑩ 한 쪽은 눈으로 덮인 산봉우리가 다른 한 쪽은 이름 모를 풀과 꽃들이 만발한 초원이 펼쳐진 사이사이로 평화로운 농가가 자리 잡은 알프스의 목가적인 풍경이 산기슭을 아슬아슬 휘감아 도는 철로와 그 길을 따라 뒤뚱거리며 달리는 등산열차를 타고 유럽의 정상으로 오르는 동안 전형적인 스위스와 알프스를 만날 수 있었다.

⋯▸

3) 명확한 문장

〈수련 과제 6〉 다음 문장을 명확하게 고쳐보자.

① 누구나 글을 쓴다면 그 글의 무게만큼 엄연히 세상살이의 짐을 짊어져야 한다는 것을, 글의 무게만큼 삶의 무게도 등에 져야 함을 깨달을 때, 그저 '직업이나 이벤트로서의 글쓰기'가 아닌 '삶으로서의 글쓰기'가 시작된다.

…▸

② 상갓집에는 10시 이후부터 수십여 명이 한 시간 동안 문상을 왔다.

…▸

③ 낙엽이 떨어지는 황금 연휴가 이어지자 사고가 많이 빈발하여 생명이 위독한 부상자가 계속 속출했다.

…▸

④ 내년 여름방학에는 해외여행을 할 예정으로 있다.

…▸

⑤ 시위대들이 길을 가로막고 있었다. 화난 운전자들이 경적을 울려대고 있었다. 시민들은 이 장면을 지켜보고 있었다.

⋯▸ ______________________________

____

⑥ 인간의 얼굴을 한 글쓰기의 퇴장은 그리 멀지 않은 일이 될 것이다.

⋯▸ ______________________________

____

⑦ 생각을 요점 정리로만 대체해버리는 반인문학적 태도를 경계하고, 발전과 경쟁력을 앞세우기보다 비판과 문제의식으로 변화를 갈구하는 능력을 키우는 것이야말로 디지털 시대에서 인간의 얼굴을 지켜나갈 수 있는 길이다.

⋯▸ ______________________________

____

____

____

____

⑧ 좋은 독자로 남겠다며 웃고 있다가도 훌륭한 글을 읽다보면 부러움과 질투로 책장 넘기기가 힘들고, 글을 쓰겠다고 까불어대던 지난날들의 기억이 부끄러워 혼자 얼굴이 발개졌다.

⋯▸ ______________________________

____

⑨ 여성의 자주성을 찾으려는 가장 조그만 움직임이나 생각까지도 조소되고 비난받아 왔고, 다만 두 사람의 합의에 의해서 공동으로 생활을 건설해 가고 둘이 다 자아의 생장을 지속시켜가는 공동체라고 보아야 할 결혼을 사회는 여자의 궁극적인 숙명, 여자의 자아 발전의 무덤으로서, 또 어떤 절대적인 영광스러운 예속으로서 가르쳐 주어 왔다.

⋯▸

⑩ 그 중 한 가지만 뽑아보라면 소소한 글쓰기의 테크닉은 기본이지만 한국어에 대한 그동안 알고 있는 생각을 적지 않게 뒤집어주고, 상식을 깨는 내용들을 꽤 알려준다는 점이다.

⋯▸

〈수련 과제 7〉 다음 문장을 명확한 문장으로 고쳐보자.

① 현실은 연약한 여자가 감당하기엔 그 부피와 무게가 컸다.

···›

② 흰색 자라는 수족관에 모셔져 있었으며, 신기한 모습에 넋을 잃고 바라보았다.

···›

③ 페이스북의 성공 요인은 친구 관리 외에도 게임과 기사 공유 동영상 게재 등 다양한 기능을 갖고 있다.

···›

④ 대중문화는 대중을 소비적 성향에 젖게 할 뿐만 아니라 쾌락을 부추기며, 인간의 참된 가치를 발견하려고 노력하지도 않는 점이다.

···›

⑤ 이태석 신부를 존경하게 된 계기는 한국에서의 의사와 신부라는 지위를 버리고 아프리카 오지에 스스로 들어가 사비로 그곳

사람들을 치료해 주었다는 사실이 너무 감명 깊었다.

…▸

⑥ 고구마가 감자보다 맛도 영양도 훨씬 많다.

…▸

⑦ 서울시가 새로 선정해 도로변을 새롭게 조성하는 가로수인 이팝나무의 꽃이 흐드러진 광경을 보면서 5분여를 달렸다.

…▸

⑧ 내일은 강한 바람과 비가 오겠습니다.

…▸

⑨ 그 중에서도 특히 국립박물관에서의 백제 불상 기념전은 오래간만에 대하는 기쁨에 가슴이 설레어 개관 첫날 일착을 했다.

…▸

⑩ 공자의 사상은 이해하기 어렵지만, 〈논어〉에 나타난 모습을 보면 퍽 인간적인 사람으로 보인다.

…▸ ______________________________

____

〈수련 과제 8〉 다음 문장을 명확한 문장으로 고쳐보자.

① 비료나 농약을 치지 않고 자연 그대로 채소를 길렀다.

…▸ ______________________________

____

② 글을 잘 쓰려면 신문과 TV 뉴스를 열심히 시청해야 한다.

…▸ ______________________________

____

③ 삶의 즐거움과 가슴의 기쁨이 펄펄 내리는 눈을 볼 때만 맛볼 수 있다.

…▸ ______________________________

____

④ 학생은 공부에 집중하려면 술과 담배를 먹지 말아야 한다.

…▸ ______________________________

____

⑤ 올림픽에서 보여준 국민적 에너지를 창조적 에너지로 바꾸어 국민 통합과 국가 경쟁력을 높여야 한다.

⋯▸ ______________________________

____

⑥ 그 사업은 국가에 막대한 예산과 자연을 훼손하여 큰 피해를 입혔다.

⋯▸ ______________________________

____

⑦ 올림픽에서 보여준 국민적 에너지를 창조적 에너지로 바꾸어 국민 통합과 국가 경쟁력을 높여야 한다.

⋯▸ ______________________________

____

⑧ 한국 정부는 어선 침범에 대해 중국에 유감과 재발 방지를 촉구했다.

⋯▸ ______________________________

____

⑨ 명절에 고향집에 갈 때는 선물과 기쁜 소식을 듬뿍 알리면 좋겠다.

⋯▸ ______________________________

____

⑩ 하늘에 검은 먹구름과 까마귀 떼가 한꺼번에 날아온다.

…▸

〈수련 문제 9〉 다음 문장을 명확한 문장으로 고쳐보자.

① 이런 시위대의 주장은 전혀 설득력이 없다.

…▸

② 이 판결에 대해 솔직하고 냉정한 심판님의 답변을 부탁합니다.

…▸

③ 그 사건은 동네 창피해 고함치는 전 애인을 여자가 집에 들인 게 화근이었다.

…▸

④ 시민들이 사고로 숨진 세월호 희생자들을 추모하기 위해 촛불을 건물 앞 계단에 늘어놓고 있다.

…▸

⑤ 접속 지연으로 업무에 차질을 빚었으나 시스템 복구 작업이 완료돼 오후 4시 5시간 만에 정상화됐다.

…▸

⑥ 내일은 눈이 쏟아질 가능성이 높은 편이다.

…▸

⑦ 젊은 여자들은 허리가 얇은 연예인을 무척 부러워한다.

…▸

⑧ 이 법의 개정으로 적지 않은 사람이 혜택을 입게 될 전망이다.

…▸

⑨ 로또 복권에 당첨될 확률은 번개를 맞아 죽을 확률보다 적다.

…▸

⑩ 외국인은 한국 관광에 대한 불만으로 상품 다양화와 가격 인하를 많이 지적했다.

…▸

〈수련 과제 10〉 다음 문장을 명확한 문장으로 고쳐보자.

① 혼자 감자농사를 지으며 고생했지만 농사를 그만두게 하지는 않으셨다.

…▸ ____

____

② 이 철길이 북한까지 연결돼서 왔다 갔다 하고 가족도 만나기를 바란다.

…▸ ____

____

③ 우리 모두는 그 선생님을 존경했고 그분 또한 사랑했다.

…▸ ____

____

④ 글자로 기록하면서부터 인류 문명은 비약적으로 발전했다.

…▸ ____

____

⑤ 또래 친구들을 불러 모아 일손을 빌려보았지만 군것질거리가 없을 땐 거들어주지 않는다.

…▸ ____

____

⑥ 나는 믿는 사람이므로 두려울 것이 없다.

⋯▸ ______________________________

____

⑦ 우리 당은 계속해서 개혁해 왔고 앞으로도 개혁해 나갈 것입니다.

⋯▸ ______________________________

____

⑧ 수필 창작 강좌를 만들어 키운 여자 제자들이 백일장에서 대상을 받기도 했다.

⋯▸ ______________________________

____

⑨ 그 사람을 생각하며 좋은 일을 하고 열심히 살아야겠다고 다짐하며 어려운 수술을 받았다.

⋯▸ ______________________________

____

⑩ 영수는 지난 한 해를 돌아보면서 친구들한테 미안하다는 생각을 했다.

⋯▸ ______________________________

____

〈수련 과제 11〉 다음 문장을 명확한 문장으로 고쳐보자.

① 사람들이 많은 도시를 다녀 보면 흥미롭다.

…▸ ____________________

____

② 강도를 물리친 용감한 용석이의 아버지가 화제가 되었다.

…▸ ____________________

____

③ 부모님께서는 즐거운 얼굴로 여행을 떠나는 나에게 손을 흔드셨다.

…▸ ____________________

____

④ 그는 성격 착실하고 책임감 강하지만 유능하지는 않다.

…▸ ____________________

____

⑤ 어떤 작가의 문장이 모두에게 미문이라고 확신하는 것은 이해하지 못했다.

…▸ ____________________

____

⑥ 아내는 나보다 영화를 더 좋아한다.

…▸

⑦ 이모가 사과와 귤 두 개를 주셨다.

…▸

⑧ 운전면허를 딴 다음날 중고차를 사서 고사상에 올리고 식구들 먹일 장을 봤다.

…▸

⑨ 설령 그가 좋은 아버지가 아니었고, 고비용의 취미를 가졌다 해도 그것이 그의 사회적 요구를 멈출 이유는 되지 않는다.

…▸

⑩ 제수씨는 웃으면서 들어오는 아들에게 말했다.

…▸

4) 다양한 문장

〈수련 과제 12〉 다음 문장을 다양하게 바꿔보자.

① 사람은 책을 읽어야 한다.

···

② 영수는 마음이 아팠다.

···

③ 새는 날아가 버렸다.

···

④ 숙희는 사과를 베어 물었다.

···▸

⑤ 눈물이 흐른다.

···▸

⑥ 사랑은 눈물의 씨앗이다.

···▸

⑦ 노래를 힘차게 불렀다.

···▸

⑧ 그는 황소처럼 힘이 세다.

…▸

⑨ 그 영화는 훌륭하다.

…▸

⑩ 그 소녀는 무척 예쁘다.

…▸

5) 참신한 문장

〈수련 과제 13〉 다음 문장을 참신하게 고쳐보자.

① 쟁반 같은 보름달이 하늘높이 떴다.

···▸

② 잠실 운동장으로 사람들이 물밀 듯이 밀려들었다.

···▸

③ 명문 대학에 합격하기 위해 피나는 노력을 했다.

···▸

④ 친구와 사귀는 여자는 굉장히 예쁘다.

…▸

⑤ 아버지는 무척 엄격하고, 어머니는 매우 자상하였다.

…▸

⑥ 세월은 쏜살같이 흐른다.

…▸

⑦ 쥐 죽은 듯이 조용하다.

…▸

⑧ 남자의 마음은 바다처럼 넓다.

⋯▸

⑨ 어버이 은혜는 하늘보다 높고 바다보다 깊다.

⋯▸

⑩ 그녀의 피부는 백옥같이 희다.

⋯▸

〈수련 과제 14〉 다음 문장을 한국어답게 고쳐보자.

① 우리는 자신의 삶을 선택할 권리와 자유가 있다.

⋯›

② 대학생활에 있어서 컴퓨터의 중요성은 두말할 필요가 없다.

⋯›

③ 그녀와 헤어지고 눈물이 흐르는 걸 견딜 수 없었었다.

⋯›

④ 수필은 필자의 체험을 바탕으로 쓰여 진다.

⋯›

⑤ 양국 정상은 북한 핵 동결에 인식을 같이 했다.

⋯›

⑥ 까마귀는 몸의 색깔이 검은 것으로 특징지어진다.

⋯›

⑦ 우리 학교는 인성교육에 중점을 두어 교육시키고 있습니다.

…→

⑧ 원가절감은 전 산업에 걸쳐 경쟁력 강화 방안의 핵심에 다름 아니다.

…→

⑨ 서울 가는 차를 기다리는 중이다.

…→

⑩ 지역감정은 반드시 극복되어야 한다.

…→

문단 조직하기

1) 한 문단 쓰기

〈수련 과제 1〉 다음 제시한 소주제문으로 문단(두괄식, 미괄식, 양괄식, 중괄식, 추정식)을 써보자.

① 혜수를 초등학교에서 만났다. - 두괄식

② 어머니는 잘 웃었다. - 미괄식

③ 선생님은 무척 엄했다. - 양괄식

④ 파도는 바람에 넘실거린다. - 중괄식

⑤ 나는 책을 좋아한다. - 추정식

2) 두 종류 문단 쓰기

〈수련 과제 2〉 다음 제시한 소주제문으로 두 종류의 문단을 써보자.

⑥ 봄에 피는 꽃은 예쁘다. - 두괄식과 미괄식

⑦ 바람은 보이지 않는다. - 중괄식과 양괄식

⑧ 미인은 마음씨가 곱다. - 두괄식과 추정식

⑨ 인생은 아름답다. - 중괄식과 미괄식

⑩ 나무는 사랑스럽다. – 양괄식과 추정식

5

문 구성하기

1) 문 구성 사례 1

〈수련 과제 1〉 다음 예문의 3문단을 4문단으로 수정하여 구성하고 그 이유를 알아보자.

득조지방(得鳥之方)

1. 두혁(杜赫)이 동주군(東周君)에게 경취(景翠)를 추천하려고 짐짓 이렇게 말했다. "군(君)의 나라는 작습니다. 지닌 보옥을 다 쏟아서 제후를 섬기는 방법은 문제가 있군요. 새 그물을 치는 사람 얘기를 들려드리지요. 새가 없는 곳에 그물을 치면 종일 한 마리도 못 잡고 맙니다. 새가 많은 데에 그물을 펴면 또 새만 놀라게 하고 말지요. 반드시 새가 있는 듯 없는 그 중간에 그물을 펼쳐야 능히 많은 새를 잡을 수가 있습니다. 이제 군께서 대인(大人)에게 재물을 베푸시면 대인은 군을 우습게 봅니다. 소인에게 베푸신다 해도 소인 중에는 쓸 만한 사람이 없어서 재물만 낭비하고 말지요. 군께서 지금의 궁한 선비 중에 꼭 대인이 될 것 같지는 않은 사람에게 베푸신다면 소망하시는 바를 얻을 수 있을 것입니다." '전국책(戰國策)'에 나온다.
2. 득조지방(得鳥之方), 즉 새를 많이 잡는 방법은 새가 많지도 않고 없

지도 않은 중간 지점에 그물을 치는 데 있다. 너무 많은 곳에 그물을 치면 새 떼가 놀라 달아나서 일을 그르친다. 전혀 없는 곳에 그물을 펼쳐도 헛수고만 하고 만다. 대인은 이미 아쉬운 것이 없는데 그에게 재물을 쏟아 부으면 대인은 씩 웃으며 "저 자가 나를 우습게 보는구나" 할 것이다. 그렇다고 소인에게 투자해서도 안 된다. 애초에 건질 것이 없어서다. 지금은 궁한 처지에 있지만 손을 내밀면 대인으로 성장할 만한 사람에게 투자하면 그는 크게 감격해서 자신의 능력을 십이분 발휘할 것이다. 이 중간 지점의 공략이 중요하다. 대인은 움츠리고 소인은 분발해서 그물에 걸려드는 새가 늘게 된다.

3. 큰일을 하려면 손발이 되어 줄 인재가 필요하다. 거물은 좀체 움직이려 들지 않고 거들먹거리기만 한다. 상전 노릇만 하다가 조금만 소홀해도 비웃으며 떠나간다. 소인배는 쉬 감격해서 깜냥도 모르고 설치다 일을 그르친다. 역량은 있으되 그것을 펼 기회를 만나지 못한 이에게 동기를 부여해줄 때 뜻밖의 성과를 거둘 수 있다. 새 그물은 중간에 쳐라. 하지만 그 중간이 대체 어디란 말인가? 그가 그 사람인 줄을 알아보는 안목이 없다면 이 또한 하나마나 한 소리다.(정민, 조선일보, 2016. 4. 27, A33)

1. 두혁(杜赫)이 동주군(東周君)에게 경취(景翠)를 추천하려고 짐짓 이렇게 말했다.
2. ______________________________.
3. ______________________________.
4. ______________________________.

이유 ⋯›

2) 문 구성 사례 2

〈수련 과제 2〉 다음 예문의 5문단을 6문단으로 수정해 구성하고 이유를 알아보자.

폭주하는 세상, 신문을 거꾸로 읽어보라

1. 나약하고 간사해라 인간이여. 겨우 온도계 눈금 몇 개 내려갔을 뿐인데 지구는 다시 살 만한 곳이 되었다. 아침저녁으로 선선한 것이 어찌나 기특하고 감사한지 내내 창문을 열고 잤다. 감사로만 끝냈어야 했다. 오뉴월 감기보다 더 걸리기 어렵다는 늦여름 감기로 한참을 고생했다. 날씨 풀린 것도 고마운데 조금 있으면 추석이라 또 기쁘고 감사하다.
2. 그런데 둘러보면 추석 말고는 별로 좋은 게 없다. 아니 대부분 다 나쁘다. 안으로 보면 의정부, 육조(六曹)가 사간원(司諫院)과 싸우고 레이더 설치 문제를 놓고 지역과 지역이 다툰다. 훈구파와 386 사림의 대결은 휴전인가 싶더니 다시 전면전 직전이다. 밖으로 보면 미국과 중국이 각을 세우고 중국과 일본이 서로 한 대 칠 기세인데

이 와중에 북한의 핵청년은 지치지도 않는지 열심히 미사일을 쏘아가며 비거리(飛距離)를 늘려가고 있다. 욕구불만인지 불안감 때문인지 자세 나쁘다고, 본인 말씀 중인데 안경 닦았다고 측근들을 고사포로 쏴 죽인다. 흩어진 살점보다 몸으로 날아간 포탄의 숫자가 더 많다고 하니 듣는 것만으로도 소름 제대로 돋는다.

3. 실은 성격 문제가 아니다. 왕은 두 개의 신체를 갖는다. 자연적 신체와 정치적 신체가 그것인데 자연적 신체는 병들고 소멸하지만 정치적 신체는 영원불멸, 신성불가침한 것이다. 해서 왕의 정치적 신체를 침범한 불경(不敬)에 대한 처벌은 몇 배나 가혹하고 잔인할 수밖에 없다. 쉽게 말해 고사포 처형은 죄인의 몸을 완벽하게 파괴해 보는 이들에게 공포를 심어주는 종교적 의식에 가깝다. 여기까지 읽으신 것만으로도 머리가 지끈지끈하실 것이다. 몰라서 답답한 게 아니라 알아서 속이 터진다. 속 안 터지려면 차라리 모르는 게 낫다.

4. 틈만 나면 뉴스 검색을 하는 친구가 있다. 이유를 물으니 혹시 중요한 거 놓칠까 봐 그렇단다. 친구에게 말해줬다. 일단 너는 그런 걸 다 알아야 할 중요한 인물이 절대 아니며 세상에는 그렇게 안달하면서까지 알아야 할 만큼 중요한 일이 없다고. 실제로 그렇다. 신문을 거꾸로 읽어보면 바로 동의하실 것이다. 뒷장부터 읽으시란 얘기가 아니다. 일주일 치를 모아뒀다가 토요일 자부터 거꾸로 읽어보라는 말씀이다. 토요일 자를 읽고 나면 그 전날, 전전날에 극성을 부려가며 난리치던 일들이 참 별것 아니라는 사실을 알게 된다. 나라가 뒤집히는 줄 알았는데 알고 보니 쥐 한 마리였고 죽일 듯 싸웠지만 흐지부지 서로 면피하며 끝낸다. 협상 같은 건 이번 생에 없다며 눈에서 불을 뿜지만 어느새 손을 맞잡고 웃고 있다. 정말이지 별것 없다. 지나고 나면 다 시시하다. 세상의 속도에

말려 덩달아 피곤해 할 필요 없다는 얘기다.

5. 명절 동안만이라도 세상에 문을 닫고 살 생각이다. 어렵게 더위 견디고 추석 맞았는데 잡다한 세사(世事)로 기분 잡칠 필요 없지 않은가. 가족, 친척 모여서 돌아가신 분 이야기를 하고 살아계신 분 어깨 한 번 더 주물러 드리는 것이 정신 건강에 백 배 낫다. 송편, 토란국, 누름적, 닭찜에 맑은 술을 나눠 마시고 달구경을 하자. 겸손과 감사로 덕담을 나누자. 인간의 삶은 외롭고 가련하며 불결하고 잔인하며 짧다. 홉스라는 철학자가 한 말이다. 어렸을 땐 몰랐는데 이보다 따뜻한 위로가 없다.(남정욱, 조선일보, 2016. 9. 10, B6)

---

1. 나약하고 간사해라 인간이여. 겨우 온도계 눈금 몇 개 내려갔을 뿐인데 지구는 다시 살 만한 곳이 되었다.
2. ______________________________.
3. ______________________________.
4. ______________________________.
5. ______________________________.
6. ______________________________.

이유 ···› ______________________________

____

____

____

____

3) 문 구성 사례 3

〈수련 과제 3〉 다음 예문의 4문단을 6문단으로 수정해 구성하고 이유를 알아보자.

장수선무(長袖善舞)

1. 해외에서 터무니없는 학술 발표를 듣다가 벌떡 일어나 일갈하고 싶을 때가 있다. 막상 영어 때문에 꿀 먹은 벙어리 모양으로 있다 보면 왜 진작 영어 공부를 제대로 안 했나 싶어 자괴감이 든다. 신라 때 최치원도 그랬던가 보다. 그가 중국에 머물 당시 태위(太尉)에게 자기추천서로 쓴 '재헌계(再獻啓)'의 말미는 이렇다. "삼가 생각건대 저는 다른 나라의 언어를 통역하고 성대(聖代)의 장구(章句)를 배우다 보니, 춤추는 자태는 짧은 소매로 하기가 어렵고, 변론하는 말은 긴 옷자락에 견주지 못합니다(伏以某譯殊方之言語, 學聖代之章句, 舞態則難爲短袖, 辯詞則未比長裾)."
2. 자신이 외국인이라 글로 경쟁하면 아무 문제가 없지만 말을 유창하게 하는 것만큼은 저들과 경쟁 상대가 되지 않음을 안타까워 한 말이다. 글 속의 '단수(短袖)'와 '장거(長裾)'는 고사가 있다.
3. 먼저 단수(短袖)는 '한비자(韓非子)' '오두(五蠹)'의 언급에서 끌어왔다. "속담에 '소매가 길어야 춤을 잘 추고, 돈이 많아야 장사를 잘한다'고 하니, 밑천이 넉넉해야 잘하기가 쉽다는 말이다.(鄙諺曰: ('長袖善舞, 多錢善賈'此言多資之易爲工也)." 춤 솜씨가 뛰어나도 긴 소매의 맵시 없이는 솜씨가 바래고 만다. 장사 수완이 좋아도 밑천이 두둑해야 큰돈을 번다. 최치원은 자신의 부족한 언어 구사력을 '짧

은 소매'로 표현했다.

4. 장거(長裾), 즉 긴 옷자락은 한나라 추양(鄒陽)의 고사다. 추양이 옥에 갇혔을 때 오왕(吳王) 유비(劉濞)에게 글을 올렸다. "고루한 내 마음을 꾸몄다면 어느 왕의 문이건 긴 옷자락을 끌고 다닐 수 없었겠습니까?(飾固陋之心, 則何王之門, 不可曳長裾乎)" 아첨하는 말로 통치자의 환심을 살 수도 있었지만 일부러 그렇게 하지 않았다는 뜻이다. 여기서 긴 옷자락은 추양의 도도한 변설을 나타내는 의미로 쓰였다. 최치원은 자신이 추양에 견줄 만큼의 웅변은 없어도 실력만큼은 그만 못지않다고 말한 셈이다. 긴소매가 요긴해도 춤 솜씨 없이는 안 된다. 그런데 사람들은 긴 소매의 현란한 말재간만 멋있다 하니 안타까웠던 게다.(정민, 조선일보, 2016. 2. 3, A32)

1. 해외에서 터무니없는 학술 발표를 듣다가 벌떡 일어나 일갈하고 싶을 때가 있다.
2. ________________________________.
3. ________________________________.
4. ________________________________.
5. ________________________________.
6. ________________________________.

이유 ··· ________________________________

____

____

____

4) 문 구성 사례 4

〈수련 과제 4〉 다음 2문단의 글을 4문단 구성으로 바꾼다. 그 차이점을 비교해보자.

김서령의 길 위의 이야기 - 서툰 꽃들

1. 요즘은 아기 방 꾸미는 일에 마음을 팔고 있는 중이다. 벽지를 핑크색으로 할까, 민트색으로 할까. 기린 모양 자석칠판을 붙여줄까, 로봇 모양 자석칠판을 붙여 줄까. 작은 오두막집은 꼭 들여놔야지. 아기가 아장아장 오두막집을 드나드는 모습을 보면 얼마나 귀여울까. 밋밋한 형광등은 떼어 내고 비행기 모양을 한 전등으로 바꿔줄 테야. 어린이집 대기 신청도 걸어 두어야 하고 유치원도 일찌감치 신청해야 한다던데. 우리아기는 바로 저기, 저 초등학교에 입학을 하겠네. 즐거운 상상은 딱 여기까지다. 학교라니, 나는 사실 걱정이 많은 사람이 아니었다. 지금은 다르다. 내 아기가 이 나라에서 학교를 다녀야 하나. 내가 그동안 이곳에서 본 아이들은 지금껏 다 어떠했나. 그들은 피기도 전에 이미 시든 꽃 같지 않았나. 비겁과 반칙을 숱하게 목격해도 이제껏 그래왔으니 또 앞으로도 그럴 것이니, 이이들은 지레 시니컬한 얼굴을 하고 그저 선행학습이나 줄기차게 해오지 않았나.
2. 아기가 태어난 이후로 그래서 나는 화가 자주 났다. 걱정이 늘었기 때문이었다. "여긴 안전하니까 마음대로 뛰어다녀!" 그럴 수 없을 것 같아 애가 말랐다. 그럼에도 광화문에 나앉은 중학생들을 본다. 마이크를 잡고 피켓을 든 고등학생도 본다. 할 말 따박따박 잘 하

는 아이들이 신기하고 예뻐서 한참을 본다. 훗날 내 아기가 이 아이들 틈에 끼어 나에게 전화를 걸어 주었으면 좋겠다. "엄마! 친구들이랑 광장에 나왔는데 너무 오래 걸어서 배고파!" 그러면 내가 당장 버거킹에 들러 와퍼를 열 개쯤 사 들고 달려갈 텐데. 시든 꽃이 아니라 서툰 꽃이었는데 내가 그걸 몰랐구나.(한국일보, 2016. 11. 8, 31면 오피니언.)

1. 요즘은 아기 방 꾸미는 일에 마음을 팔고 있는 중이다. 벽지를 핑크색으로 할까, 민트색으로 할까. 기린 모양 자석칠판을 붙여줄까, 로봇 모양 자석칠판을 붙여 줄까. 작은 오두막집은 꼭 들여놔야지. 아기가 아장아장 오두막집을 드나드는 모습을 보면 얼마나 귀여울까. 밋밋한 형광등은 떼어 내고 비행기 모양을 한 전등으로 바꿔 줄 테야.
2. 어린이집 대기 신청도 걸어 두어야 하고 유치원도 일찌감치 신청해야 한다던데. 우리아기는 바로 저기, 저 초등학교에 입학을 하겠네. 즐거운 상상은 딱 여기까지다. 학교라니, 나는 사실 걱정이 많은 사람이 아니었다. 지금은 다르다. 내 아기가 이 나라에서 학교를 다녀야 하나. 내가 그동안 이곳에서 본 아이들은 지금껏 다 어떠했나. 그들은 피기도 전에 이미 시든 꽃 같지 않았나. 비겁과 반칙을 숱하게 목격해도 이제껏 그래왔으니 또 앞으로도 그럴 것이니, 이이들은 지레 시니컬한 얼굴을 하고 그저 선행학습이나 줄기차게 해오지 않았나.
3. 아기가 태어난 이후로 그래서 나는 화가 자주 났다. 걱정이 늘었기 때문이었다. "여긴 안전하니까 마음대로 뛰어다녀!" 그럴 수 없을

것 같아 애가 말랐다. 그럼에도 광화문에 나앉은 중학생들을 본다. 마이크를 잡고 피켓을 든 고등학생도 본다. 할 말 따박따박 잘 하는 아이들이 신기하고 예뻐서 한참을 본다.

4. 훗날 내 아기가 이 아이들 틈에 끼어 나에게 전화를 걸어 주었으면 좋겠다. "엄마! 친구들이랑 광장에 나왔는데 너무 오래 걸어서 배고파!" 그러면 내가 당장 버거킹에 들러 와퍼를 열 개쯤 사 들고 달려갈 텐데. 시든 꽃이 아니라 서툰 꽃이었는데 내가 그걸 몰랐구나.

차이점 ⋯→ ______________________________

____

____

____

____

____

____

____

____

____

5) 문 구성 사례 5

〈수련 과제 5〉 다음 3문단의 예문을 6문단으로 수정해 구성하고, 전후를 비교해보자.

모방의 한계

1. 구글, 애플, 페이스북, 테슬라, 4차 산업혁명을 이끌고 있는 실리콘 밸리 기업들이다. 왜 글로벌 최고 혁신 기업들은 실리콘 밸리에 거주하고 있는 것일까? 수많은 지역 정부가 실리콘 밸리를 모방해 보았지만 결과는 대부분 미미하다. 인근에 있는 스탠버드대학 덕분일까? 그러나 MIT 중심으로 만들어진 매사추세츠의 루트 128은 그다지 성공하지 못했다. 그렇다면 캘리포니아의 따뜻한 날씨 덕분? 따듯하지만 전통 산업 위주인 텍사스 오스틴을 반대 케이스로 들 수 있다. 아니면 자유로운 분위기 때문일까? 자유로운 분위기로 유명한 시애틀이나 덴버는 글로벌 하이테크 허브를 만드는데 실패했다. 그렇다면 질문해 보아야 한다. 비슷한 조건의 미국 도시들조차도 모방에 실패한 모델을 대한민국 지자체들이 시도한다는 것은 무의미하지 않을까? 회사에 알록달록한 책상을 들려놓고 영어 이름을 부른다고 해서 갑자기 혁신적 생각이 만들어질까?
2. 이스라엘 역시 비슷하다. 우리가 그들의 창업 정신을 그대로 모방할 수 있을까? 최근 이스라엘 '창조 경제의 아버지'라 불리는 테크니온 공대 다니엘 바이스 교수와 이야기 나눌 기회가 있었다. 결론부터 말하면 이스라엘의 성공은 필연과 우연의 합작품이다. 이스라엘은 오랜 시간 사회주의 공동체 노선을 추구했다. 하지만 아랍

국가들과 치른 1967년 6일전쟁과 1973년 욤키푸르전쟁은 모든 걸 바꿔놓았다. 서방 국가들이 하루아침에 무기 수출을 중단하자 이스라엘은 없는 것에서 새로운 것을 만들고, 불가능한 것을 가능하도록 해야 했다. 1991년 소련이 해체되면서 유대인 과학자 · 수학자 · 공학자 수십만 명이 이스라엘로 이주하기 시작했고, 대학에서 자리를 얻지 못한 기술자들은 창업을 선택했다.

3. 다른 사람의 인생은 모방할 수 없다. 우리는 언제나 우리 자신이기 때문이다. 국가도 비슷하다. 다른 나라의 역사적 필연과 우연은 모방할 수 없다. 이제 우리 역시 대한민국만의 우연과 필연을 기반으로 한 새로운 혁신 문화를 만들어야 한다.(김대식, 조선일보, 2017. 2. 23, A30)

1. 구글, 애플, 페이스북, 테슬라, 4차 산업혁명을 이끌고 있는 실리콘 밸리 기업들이다.
2. ______________________________.
3. ______________________________.
4. ______________________________.
5. ______________________________.
6. ______________________________.

6) 문 구성과 개요도

〈수련 과제 6〉 다음 예문은 적절하게 문단(6문단)을 구성한 경우이다. 개요도를 그려보고 확인해보자.

김정은의 兄 독살테러도 '있을 수 있다'는 文측 위원장

1. 정세현 전 통일부장관이 김정은의 김정남 독살에 대해 "권력의 속성상 어쩔 수 없는 일이라고 생각한다"고 말했다. 그는 김대중·노무현 정부에서 통일부장관을 역임했고 지금은 문재인 전 민주당 대표의 국정자문단 '10년의 힘 위원회' 공동위원장을 맡고 있다. 정 전 장관은 인터넷 매체와의 인터뷰에서 "정치적 경쟁자는 제거하는 것이 권력 입장에서는 불가피한 일"이라고 말했다. "형제간에도 얼마든지 (살해)될 수 있다" "정치라는 틀 자체에서 보면 일어날 수 있는 일"이라고 했다. 전체적으로 김정은을 이해할 수도 있다는 취지다.
2. 정 전 장관은 특히 김정은의 테러를 박정희 정부 당시 발생한 김대중 납치 사건이나 이승만 정부 때 김구 피살사건과 비슷한 것이라는 식으로 말했다. 우리도 40~60여 년 전 권위주의 정부시절 불행한 정치적 사건이 없었던 것은 아니다. 그러나 민주와 인권의 싹조차 밟아 유린하고 주민 전체를 실제 노예화한 북의 김씨 왕조와 그런 인간 말살 체제에 맞서 싸우며 여기까지 온 대한민국을 이거나 저거나 마찬가지라는 식으로 보고 있다는 것은 단순한 과장과 비약의 문제가 아니다. 더구나 그런 사람이 집권이 유력한 후보의 자문단 위원장이라면 국가적으로 위험한 문제라고 우려하지 않을 수

없다.

3. 정 전 장관은 김대중 대통령에 의해 장관에 발탁된 후 거의 180도 달라져 '같은 사람이 맞느냐'는 의문이 들 정도였다. 그 이후 그의 경솔하고 맹목적인 햇볕 추종 언행은 열거하기가 어려울 정도다. 2004년 "김정일 위원장이 '북핵'이라는 무모한 선택을 할 사람이 아니다"라고 했는데 김정일은 2년 뒤 핵실험을 했다. 정 전 장관은 2015년 북의 지뢰도발로 우리 군인 두 명이 다리를 잃는 등 부상당하자 "박근혜 정부의 대북정책 전환을 촉구하는 일종의 돌려차기"라며 "(북한의) 역발상의 전략"이라고 했다.
4. 지난달엔 미·북 제네바 합의와 9聽공동성명은 미국이 파기했다고 했다. 두 합의는 북이 핵 동결과 폐기에 검증을 거부했기 때문에 깨진 것이다. 태영호 전 북한 공사의 증언대로 북은 애초에 핵을 포기할 생각이 없었다. 그동안의 대화는 기만전술일 뿐이었다. 하지만 정 전장관은 지금도 북이 핵을 포기할 의사가 있었다고 믿는다. 속고 속아도 북의 '선의(善意)'에 대한 믿음만은 거두지 않는다. 그는 사드도 북의 공격을 막는 게 아니라 미국의 패권을 위한 것이라고 한다.
5. 문재인 국정자문단 공동위원장 자리는 그의 외교 · 안보 정책에 대해 조언하는 직책이다. 문 전 대표는 "정세현 장관의 말씀 취지에 대해 정확히 알지 못하지만 다른 뜻을 갖고 있지 않을 것"이라고 했다. 문 전 대표는 김정은의 살인 테러를 "결코 용서받을 수 없는 패륜적인 범죄행위"라고 규정했지만, 정 전 장관의 인식에 대해서는 별 문제가 없다고 본다는 것이다.
6. 정 전 장관과 같은 사람들은 우리 내부의 상대방에 대해선 무서울 정도로 가혹한 잣대를 들이대고 비난하면서, 사람을 사람으로 취

급하지 않는 북한 폭력 집단에 대해선 어떻게든 이해해보려 노력한다. 이런 사람들이 다시 정권을 잡고 외교 · 안보 정책을 좌지우지할 가능성이 높아진다고 한다. 앞으로 이들이 더 고개를 들고 나설 것이다.(조선일보 社說, 2017. 2. 22, A31)

▶ 개요도

구성단계	문단번호	문장수	개요	핵심어

초고 집필하기

1) 서두 쓰기

<수련 과제 1> 체험과 사색, 관찰, 조사 독서한 것 중에서 적절한 제재를 골라 서두를 한 문단으로 써보자. 문장 수는 3개 이상 최대 8개 이하로 쓰자.

(1) 단점:

(2) 취향과 취미:

(3) 사건과 사고:

(4) 자아 성찰:

(5) 여행:

(6) 동식물:

2) 본문 쓰기

〈수련 과제 2〉 앞의 서두에 이어 본문을 네 문단으로 써보자. 문장 수는 3개 이상 최대 12개 이하로 쓰자.

(1) 단점:

1. ______________________________

2. ______________________________

3. ______________________________

4.

(2) 취향과 취미:

1.

2. ____

3. ____

4. ____

(3) 사건과 사고:

1.

2.

3.

4.

(4) 자아 성찰:

1.

2.

3.

4.

(5) 여행:

1.

2.

3.

4. ______________________________

(6) 동식물:

1. ______________________________

2. ______________________________

3.

4.

3) 결미 쓰기

〈수련 과제 3〉 앞의 본문에 이어서 결미를 한 문단으로 써보자. 3개 이상 최대 8개 이하의 문장으로 쓰자.

(1) 단점:

(2) 취향과 취미:

(3) 사건과 사고:

(4) 자아 성찰:

(5) 여행:

(6) 동식물:

4) 교정과 제목 정하기

〈수련 과제 4〉 위에서 각각 쓴 글(서두-본문-결미) 을 연결하여 초고를 완성하고 교정한 후 최종 제목을 정해보자.

(1) 단점:

(2) 취향과 취미: ______________________________

____

____

(3) 사건과 사고: ______________________________

____

____

(4) 자아 성찰: ______________________________

____

____

(5)여행: ______________________________

____

____

(6) 동식물: ______________________________

____

____

해설과 참조 예문

1. 제재 고르기

1) 체험한 것

참고 ···› 지난 사연과 사건을 쓸 때는 육하원칙에 맞게 써보자. 즉 '누가, 언제, 어디서, 무엇을, 왜, 어떻게, 했다'로 쓰면 명확하고 객관적이어서 좋다. 여섯 개 요소를 다 쓸 수 없는 경우도 있지만 가능한 상상으로라도 써보도록 시도한다.

2) 관찰한 것

참고 ···› 대상을 관찰하는 목적은 외부와 내면의 상세한 묘사나 지식의 전달과 정보적 설명에 있지 않다. 수필은 문학성을 갖춘 글을 쓰는 것이 목적이어야 한다. 이 문학성을 갖추려면 반드시 관찰 대상에 담긴 문학적 의미와 가치를 발견하고 해석해야 한다. 필자의 생각(관념)을 그 사물을 빌어서 표현하고 전달하고자 하는 것이 수필을 창작하는 핵심 지향점이다. 이것은 일반 설명문이나 산문이 지향하는 바와 다르므로 문학적 의미에 합당한 것만 선택적으로 관찰하고 의미를 부여해야 한다. 자칫하면 그 사물의 형태와 기능을 설명하고 지식과 정보를 전달하여 사물의 특징을 밝히는 백과사전식 풀이가 되기 쉽다. 그런 글은 이미 많이 찾을 수 있거나 실제로 수필의 독자에게 필요하지 않다. 작가만의 개성적이고 아름다운 문학적 의미 탐구가 수필의 최종 목적임을 결코 잊지 말아야 한다.

3) 조사한 것

참고 ···› 수필을 쓰면서 내용 전부를 조사하여 쓰는 경우는 흔치 않다. 쓰고자 하는 글에서 보다 정확한 지식과 정보가 필요할 경우에 한해서만 일부를 조사하여 글에 반영하는 경우가 대부분이다. 체험을 중시하는 수필에선 논문처럼 잘 사용하지 않지만 관심사가 다른 경우에는 조사가 유용한 방법이 되기도 한다. 이 역시 왜 조사하는지 목적을 분명히 하고, 얼마나 조사하여 글에 담을지 주제와 맞는지 독자에게 필요한 것인지 두루 살펴야 한다. 그 내용이 대부분 전문성을 갖춘 것이라서 일반 독자가 특수한 내용에 불편해하거나 관심이 적을 수 있기 때문이다. 따라서 이 방법은 선별적으로 사용해야 하고, 지나친 사용은 자칫 수필을 필자의 학문적 주장이 담긴 논설문이 될 수 있으니 경계해야 할 것이다.

4) 독서한 것

참고 ···› 글을 잘 쓰고 충실한 내용을 갖추기 위해서 독서활동은 작가에겐 필수적 작업이자 숙명적 활동이다. 그러므로 독서한 내용이 글에 직간접적으로 드러나지 않을 수 없다. 평소에 다양한 종류의 독서를 깊이 할 필요가 있는 이유다. 특정 도서를 읽고 쓰는 서평도 수필 잡지에 실리기도 하는데 진정한 의미의 수필로 보기 어렵다. 또 이러한 종류의 글을 쓰기 위해서 수필가가 독서하는 것은 아니다. 다만 체험이 중심인 수필에서 독서가 필요한 부분이 있게 마련이다. 주제를 심화하고 더욱 바람직한 가치로 발전시킬 때에 독서한 내용을 활용할 수 있다. 이럴 때 독서한 내용은 글의 품위를 높이고 문학성을 고양시킨다. 각종 학교에서 학생들의 독서교육 과제로 많이 활용하는 독서감상문은 정식 수필은 아니지만 그 이전의 수련용 글쓰기로 유용한 점도 있다. 그렇지만 독서한 것이 글에 쉽게 표면으로 드러나지 않을 수도 있고, 그것을 드러내는 것도 결코 바람직한 행위도 아니다. 다만 수필이 문학성을 품게 하고 작품의 가치를 드높이는데 독서를 잘 활용할 수 있으니 평소에 충실하게 축적하는 게 좋을 것이다.

2. 주제 잡기

참고 ⋯▸ 주제의 요건은 첫째 진선미를 탐구하는 내용일 것, 둘째 작가인 내가 잘 아는 것일 것, 셋째 가능한 좁은 범위일 것, 넷째 독자에게 흥미롭거나 유익할 것 등이다. 이 넷을 다 갖춘 것이 좋지만 최소한 이 중 하나는 충족시켜야 한다.

▸ 주제문 작성하기

참고 ⋯▸ 주제문은 체험의 내용을 단순히 요약하는 것이 아니다. 그에 따른 작가의 해석적 관점과 문학적 의미나 그것을 대하는 나름의 독자적인 태도가 반드시 뒤따라야 한다. 한 시기나 어떤 순간의 사건을 보고하듯 얘기하기 위해 수필을 쓰는 게 아니다. 왜 그 얘기를 하는지 분명한 작가의 의도가 있어야 한다. 아래 예) ①번에서, '영수는 거짓말을 모르는 친구이다'로 주제문을 쓰면 이것은 '영수'라는 친구를 소개하는 생활 산문이지 수필은 아니다. 친구를 존경한다는 작가의 관점이 중요하다. 요즘처럼 거짓이 사회 곳곳에 널려 펴져 있을 때 '영수'라는 사람의 정직성은 사회적으로 의미가 크다. 이 정직의 가치가 중요하다고 작가가 생각하기 때문에 그런 사람을 체험하고 글로 쓰려고 한 것이기 때문이다. 이것을 명확하게 주제문에 담아야 실제 글을 쓸 때 통합성(문단 구성 참조)을 유지할 수 있다. 아래 예)에서 밑줄 친 부분이 그것들이다.

예) 친구

① 내용 – 영수는 거짓말을 모르는 친구라 존경한다.

② 작가 – 내가 망 볼 때 영자가 길에서 오줌을 누웠던 그 시절이 그립다.

③ 범위 – 철수의 흉터를 보고 놀려대서 울게 한 것을 돌이켜보면 미안했다.

④ 독자 – 기수는 IMF를 겪으면서 안 좋게 변해 마음이 아프다.

3. 문장 서술

〈수련 과제 1〉

① 찻길이 막혀 지각하였다.

⋯› 찻길이(길이, 도로가); 상황에 맞게

② 사람을 태운 버스가 왔다.

⋯› 태운; '실은'은 화물에 해당

③ 차로 변경을 하다 접촉사고가 났다.

⋯› 차로; 차선은 변경할 수 없다.

④ 외국서 오는 손님을 마중 나갔다.

⋯› 마중(배웅은 가는 사람); 단어 뜻 오해

⑤ 한참 일할 나이에 그는 실직하였다.

··· 실직/하였다; 이중 피동

⑥ 결혼식 도중에 사회자가 재미있는 이벤트를 선보였다.

··· 도중에/중에; 단어 뜻 오해

⑦ 위쪽에 사진이 석 장 걸려 있었다.

··· 석장; 기수와 서수의 단어 뜻 오해

⑧ 우리 동네 슈퍼 아저씨는 참 주책없다.

··· 주책없다; 표준어와 비표준어 오용

⑨ 이분이 그 미담의 주인공이다.

··· 주인공; 긍정적 단어와 부정적(장본인) 단어 오용

⑩ 내 발 밑에서 낑낑거리는 강아지를 내려다 보았다.

··· 내려다보았다; 단어 오용

〈수련 과제 2〉

① 그녀는 아름답다. ···

- 그녀는 꽃처럼 아름답다.
- 그녀는 무척 아름답다.
- 언제나 웃는 그녀는 아름답다.
- 웃을 때 하얀 이가 드러나는 그녀는 아름답다.
- 그녀는 어떤 옷을 입어도 아름답다.
- 그녀는 목련을 닮은 듯 피부가 아름답다.
- 그녀는 마음씨도 아름답다.
- 아름다운 그녀를 보면 언제나 행복하다.
- 아름다운 그녀를 닮아서 그 딸도 예쁘다.
- 그녀는 마음씨뿐 아니라, 행동도 아름답다.

– 아름다운 그녀가 있는 곳엔 언제나 환하다.
– 나를 보고 웃는 그녀의 하얀 목덜미에 두른 스카프가 어울려 한결 더 아름답다.

② 산에 혼자 오른다. ⋯›

– 메아리가 사는 곳에 혼자 오른다.(산을 동화적으로 표현)
– 고독이 웅얼거리는 곳에 혼자 오른다.(산을 은유적으로 표현)
– 피톤치드가 뿜어져 나오는 곳을 혼자 오른다.(산을 실용적으로 표현)
– 어머니 품처럼 아늑한 그곳을 혼자 오른다.(산을 정서적으로 표현)
– 산새와 짝하며 산에 오른다.(혼자임을 암시적으로 표현)
– 존재의 고독을 생각하며 산에 오른다.(혼자임을 철학적으로 표현)
– 산에 오를 때면 가끔 누군가 그리워진다.(혼자의 정서를 표현)
– 갈수록 조금씩 하늘이 가까워 온다.(오르는 것을 공간적으로 표현)
– 산 밑의 마을이 점차 멀어져 간다.(오르는 것을 거리의 변화로 표현)
– 산에서 고지 정복의 욕망을 실현시키곤 한다.(오르는 것을 내면 욕구의 충족으로 표현)

참고 ⋯› 수식어(관형어/부사어)를 첨가한 표현은 더욱 구체적이고 상세하게 대상의 성격과 의미를 드러낼 수 있다. 다양한 표현 방법을 익혀 충실한 내용의 문장을 쓸 수 있어야 한다. 그러나 지나친 수식어의 사용은 공허하거나 본래의 표현하고자 하는 의미를 모호하게 할 수 있으니 유의해야 한다.

의미를 명시적 단어로 직접 서술하는 것보다 암시적이거나 비유를 사용하여 표현하면 정서 상태와 분위기를 전달하는 데는 더욱 효과적이다. 정감을 표현하려는 의도라면 이러한 방식의 문장을 적절히 사용하면 좋다. 이 역시 과도한 사용은 금물이다. 뜻이 명확하지 않아서 독자에게 의미의 혼란을 부를 수 있기 때문이다. 어떤 문장 표현이든 과도한 사용은 화를 불러온다는 점을 명심하길 바란다.

〈수련 과제 3〉

① 노사정 협상이 가까스로 타결이 됐다.
⋯→ 노사정 협상이 가까스로 타결됐다.

② 협력업체는 기한 안에 납품을 하려고 애를 썼다.
⋯→ 협력업체는 기한 안에 납품하려고 애썼다.

③ 인공 지능은 상황에 맞게 자연스러운 인사를 할 수 있다.
⋯→ 인공 지능은 상황에 맞게 자연스럽게 인사할 수 있다.

④ 보이스피싱 주모자는 실업자에게 인출책을 하라고 제안을 했다.
⋯→ 보이스피싱 주모자는 실업자에게 인출책을 하라고 제안했다.

⑤ 통일은 꾸준히 교류와 협력을 통해 차근차근 준비를 해나가야 한다.
⋯→ 통일은 꾸준한 교류와 협력으로 차근차근 준비해나가야 한다.

⑥ 네가 아주 예쁘다고 말을 했다.
⋯→ 네가 아주 예쁘다고 말했다.

⑦ 나쁜 것은 쳐다보지를 말고, 생각을 하지 말자.
⋯→ 나쁜 것은 쳐다보지 말고, 생각하지 말자.

⑧ 고위급 채널 등을 통해 적극 문제를 제기하기로 했다.
⋯→ 고위급 채널 등으로 적극 문제 제기하기로 했다.

⑨ 길거리에서 조폭들이 싸우고 있고, 행인들이 구경을 하고 있었다.
⋯→ 길거리에서 조폭들이 싸우고 있고, 행인들이 구경하고 있었다.

⑩ 연습을 계속 하다 보면 성공을 할 수도 있다.

⋯ 연습을 계속 하다 보면 성공할 수도 있다.

참고 ⋯ 본래 한 단어를 둘로 나누어 써 간결성을 해치는 예문이다. 불필요한 '이/가'나 '을/를'를 넣지 말아야 한다. 특별한 의미가 없는 '~을 통해'는 간결성을 해치는 경우가 많다. '으로/로'로 간결하게 표현하자.

〈수련 과제 4〉

① 아름다운 꽃들이 피었다.
⋯ 꽃들이 아름답게 피었다.
② 이 봄에 새로운 삶의 의미를 찾아보자.
⋯ 이 봄에 삶의 의미를 새롭게 찾아보자.

③ 소슬한 바람이 불어와 쓸쓸한 마음이 된다.
⋯ 소슬한 바람이 불어와 마음이 쓸쓸해진다.
④ 온 산을 물들이는 단풍은 붉은 치마폭 같다.
⋯ 단풍은 붉은 치마폭처럼 온 산을 물들인다.
⑤ 창공에 반짝이는 뭇별과 같이 산과 들에 피어나는 아름다운 꽃들과 같이 이상은 실로 인간의 부패를 방지하는 소금과 같다 할 것이다.
⋯ 창공의 뭇별과 산과 들의 꽃들처럼 이상은 실로 인간에게 빛과 소금과 같다.
⑥ 많은 비가 내렸다.
⋯ 비가 쏟아졌다.
⑦ 그 남자는 담대한 성격을 지녔다.
⋯ 그 남자는 담대하다.

⑧ 우리는 슬픈 노래를 불렀더니 울적한 마음이 들었다.
···› 슬픈 노래를 부르자 우리 마음이 울적해졌다.

⑨ 답답한 마음을 풀려고 우리 집 야트막한 뒷산을 천천히 올라갔다.
···› 마음이 답답해 집 뒷산을 천천히 올라갔다.

⑩ 하얀 눈이 소복하게 내리니 온 세상이 설국 속에 폭 빠진 듯 너무 아름답다.
···› 눈이 소복하게 내리니 세상이 설국처럼 무척 아름답다.

참고 ···› 형용사와 부사를 알맞게 써야 문장이 간결해진다. 문장의 중심인 서술어를 직접 수식하는 부사를 써야 의미도 명확하고 표현이 간결하다. 불필요한 주어와 군더더기 말, 중복 표현은 간결성을 해치니 이 점에 주의하자.

〈수련 과제 5〉

① 나는 어제 집에 갔다. 내가 냉장고를 열었더니 아무 것도 없었다.
···› 어제 집에 가 냉장고를 열었더니 아무 것도 없었다.

② 신록을 대하고 있으면, 신록은 먼저 나의 눈을 씻고, 나의 머리를 씻고, 나의 가슴을 씻고, 다음에 나의 마음의 모든 구석구석을 하나하나 씻어낸다.
···› 신록을 대하고 있으면 눈과 머리와 가슴과 마음의 모든 구석까지 씻어낸다.

③ SNS를 하지 않는 이점 가운데 하나는 시간 낭비를 막는 것이다.
···› SNS를 하지 않는 이점 하나는 시간 낭비를 막는 것이다.

④ 나이아가라 폭포는 내가 본 폭포 중에 세찬 폭풍이 몰아치는 듯 물

결이 세게 일어 바다처럼 무서워 보였다.

···› 나이아가라 폭포는 세찬 폭풍이 몰아치는 듯 물결이 세게 일어 바다처럼 무서워 보였다.

⑤ 나는 연애를 꿈꾸는 청춘들에게 묻고 싶은 말이 있다.

···› 연애를 꿈꾸는 청춘들에게 묻고 싶은 말이 있다.

⑥ 내가 처음으로 가본 외국 도시는 북경이다.

···› 처음 가본 외국 도시는 북경이다.

⑦ 그럼에도 불구하고 나는 S대 법학과로 진학했다.

···› 그럼에도 나는 S대 법학과로 진학했다.

⑧ 나의 학창 시절에 자취하는 친구들의 초대를 받아, 저녁을 먹고 밤늦게 집에 돌아와, 책상 위에서 메모를 정리하려고 포켓을 뒤졌으나, 내 노력은 헛것이었다. 이날 밤, 잠들기 전의 일과는 상식을 벗어나, 내 마음을 진정시킬 길이 없었다.

···› 학창 시절에 자취하는 친구들이 초대하여 저녁 먹고 밤늦게 돌아와, 책상 위에서 메모를 정리하려고 포켓을 뒤졌으나 헛것이었다. 이날 잠들기 전의 일은 상식을 벗어나 마음을 진정시킬 길이 없었다.

⑨ 인터넷에서의 글쓰기라 해서 지면에 글을 쓰는 것과 다르게 생각할 필요는 없다.

···› 인터넷 글쓰기를 지면 글쓰기와 다르게 생각할 필요는 없다.

⑩ 한 쪽은 눈으로 덮인 산봉우리가 다른 한 쪽은 이름 모를 풀과 꽃들이 만발한 초원이 펼쳐진 사이사이로 평화로운 농가가 자리 잡은 알프스의 목가적인 풍경이 산기슭을 아슬아슬 휘감아 도는 철로와 그 길을 따라 뒤뚱거리며 달리는 등산열차를 타고 유럽의 정상으로 오르는 동안 전형적인 스위스와 알프스를 만날 수 있었다.

⋯→ 눈으로 덮인 산봉우리와 이름 모를 풀과 꽃들이 만발한 초원이 펼쳐진 사이사이로 평화로운 농가가 자리 잡은 알프스는 목가적인 풍경이다. 산기슭을 아슬아슬 휘감아 도는 철로를 뒤뚱거리며 달리는 등산열차를 타고 유럽의 정상으로 오르는 동안 전형적인 스위스와 알프스를 만날 수 있었다.

참고 ⋯→ 불필요한 주어와 체험의 주체인 '나'를 생략해야 문장이 간결하다. 한 문장으로 길고 장황하게 쓰는 것보다 내용 별로 구분하여 두세 문장으로 나눠 쓰면 더욱 간결하다. 문장을 짧게 끊어 쓰려고 노력하자.

〈수련 과제 6〉

① 누구나 글을 쓴다면 그 글의 무게만큼 엄연히 세상살이의 짐을 짊어져야 한다는 것을, 글의 무게만큼 삶의 무게도 등에 져야 함을 깨달을 때, 그저 '직업이나 이벤트로서의 글쓰기'가 아닌 '삶으로서의 글쓰기'가 시작된다.

⋯→ 누구나 글을 쓴다면 세상살이의 짐을 짊어져야 한다. 이걸 깨달을 때 '직업이나 이벤트의 글쓰기'가 아닌 '삶의 글쓰기'가 시작된다.

② 상갓집에는 10시 이후부터 수십여 명이 한 시간 동안 문상을 왔다.

⋯→ 10시 이후부터 수십여 명이 한 시간 동안 문상 왔다.

③ 낙엽이 떨어지는 황금 연휴가 이어지자 사고가 많이 빈발하여 생명이 위독한 부상자가 계속 속출했다.

⋯→ 낙엽 지는 연휴가 이어지자 사고가 빈발하여 위독한 부상자가

속출했다.

④ 내년 여름방학에는 해외여행을 할 예정으로 있다.

→ 내년 여름방학에는 해외여행 갈 예정이다.

⑤ 시위대들이 길을 가로막고 있었다. 화난 운전자들이 경적을 울려대고 있었다. 시민들은 이 장면을 지켜보고 있었다.

→ 시위대가 길을 가로막아 화난 운전자들이 경적을 울렸다. 시민들은 이 장면을 지켜보았다.

⑥ 인간의 얼굴을 한 글쓰기의 퇴장은 그리 멀지 않은 일이 될 것이다.

→ 인간의 얼굴을 한 글쓰기는 머지않아 사라질 것이다.

⑦ 생각을 요점 정리로만 대체해버리는 반인문학적 태도를 경계하고, 발전과 경쟁력을 앞세우기보다 비판과 문제의식으로 변화를 갈구하는 능력을 키우는 것이야말로 디지털 시대에서 인간의 얼굴을 지켜나갈 수 있는 길이다.

→ 생각을 요점 정리로만 대체해버리는 반인문학적 태도를 경계해야 한다. 발전과 경쟁력을 앞세우면 안 된다. 비판과 문제의식으로 변화를 갈구하는 능력을 키워야 디지털 시대에 인간의 얼굴을 지켜나갈 수 있다.

⑧ 좋은 독자로 남겠다며 웃고 있다가도 훌륭한 글을 읽다보면 부러움과 질투로 책장 넘기기가 힘들고, 글을 쓰겠다고 까불어대던 지난날들의 기억이 부끄러워 혼자 얼굴이 발개졌다.

→ 좋은 독자로 만족했다. 하지만 훌륭한 글을 읽으면 부러움과 질투로 책장 넘기기 힘들었다. 글 쓰겠다고 까불어대던 지난날의 기억이 부끄러워 혼자 얼굴이 발개졌다.

⑨ 여성의 자주성을 찾으려는 가장 조그만 움직임이나 생각까지도 조소되고 비난받아 왔고, 다만 두 사람의 합의에 의해서 공동으로

생활을 건설해 가고 둘이 다 자아의 생장을 지속시켜가는 공동체라고 보아야 할 결혼을 사회는 여자의 궁극적인 숙명, 여자의 자아 발전의 무덤으로서, 또 어떤 절대적인 영광스러운 예속으로서 가르쳐 주어 왔다.

···› 여성이 자주성을 찾으려는 가장 조그만 움직임이나 생각도 조소하고 비난하였다. 두 사람이 합의하여 공동생활을 건설하고 둘 다 자아의 생장을 지속시켜가는 공동체가 결혼이다. 그런데 사회는 결혼을 여자의 궁극적인 숙명과 자아 발전의 무덤으로서, 또 어떤 영광스러운 절대적 예속으로 가르쳤다.

⑩ 그 중 한 가지만 뽑아보라면 소소한 글쓰기의 테크닉은 기본이지만 한국어에 대한 그동안 알고 있는 생각을 적지 않게 뒤집어주고, 상식을 깨는 내용들을 꽤 알려준다는 점이다.

···› 그 중 하나를 뽑자면 소소한 글쓰기의 테크닉은 기본이다. 한국어에 대한 그릇된 지식을 적지 않게 바로잡고, 상식을 깨는 내용을 꽤 알려준다.

참고 ···› 중복어 사용과 구절의 중복, 의미 중복은 글의 명확성을 해친다. 의미가 겹치지 않도록 정확한 단어 사용에 유의해서 써야 한다.

〈수련 과제 7〉

① 현실은 연약한 여자가 감당하기엔 그 부피와 무게가 컸다.

···› 연약한 여자가 감당하기엔 현실의 부피는 크고 무게는 무겁다.

② 흰색 자라는 수족관에 모셔져 있었으며, 신기한 모습에 넋을 잃고 바라보았다.

⋯→ 흰 색 자라는 수족관에 모셔져 있었으며, 신기한 모습에 넋을 잃고 나는 바라보았다.

③ 페이스북의 성공 요인은 친구 관리 외에도 게임과 기사 공유 동영상 게재 등 다양한 기능을 갖고 있다.

⋯→ 페이스북의 성공 요인은 친구 관리 외에도 게임과 기사 공유 동영상 게재 등 다양한 기능을 갖춘 점에 있다.

④ 대중문화는 대중을 소비적 성향에 젖게 할 뿐만 아니라 쾌락을 부추기며, 인간의 참된 가치를 발견하려고 노력하지도 않는 점이다.

⋯→ 대중문화는 대중을 소비적 성향에 젖게 할 뿐만 아니라 쾌락을 부추기며, 인간이 참된 가치를 발견하려고 노력하는 것과 멀다는 점이다.

⑤ 이태석 신부를 존경하게 된 계기는 한국에서의 의사와 신부라는 지위를 버리고 아프리카 오지에 스스로 들어가 사비로 그곳 사람들을 치료해 주었다는 사실이 너무 감명 깊었다.

⋯→ 이태석 신부를 존경하게 된 계기는 한국에서의 의사와 신부라는 지위를 버리고 아프리카 오지에 스스로 들어가 사비로 그곳 사람들을 치료해 주었기 때문이고 이점이 너무 감명 깊었다.

⑥ 고구마가 감자보다 맛도 영양도 훨씬 많다.

⋯→ 고구마가 감자보다 맛도 좋고 영양도 훨씬 많다.

⑦ 서울시가 새로 선정해 도로변을 새롭게 조성하는 가로수인 이팝나무의 꽃이 흐드러진 광경을 보면서 5분여를 달렸다.

⋯→ 서울시가 새로 선정해 도로변을 새롭게 조성하는 가로수인 이팝나무의 꽃이 흐드러진 광경을 보면서 (나는) 차로 5분여를 달렸다.

⑧ 내일은 강한 바람과 비가 오겠습니다.

⋯→ 내일은 강한 바람이 불고 많은 비가 오겠습니다.

⑨ 그 중에서도 특히 국립박물관에서의 백제 불상 기념전은 오래간만에 대하는 기쁨에 가슴이 설레어 개관 첫날 일착을 했다.

⋯→ 그 중에서도 특히 국립박물관에서의 백제 불상 기념전을 오래간만에 대할 기대에 가슴이 설레어 개관 첫날 (나는) 일착했다.

⑩ 공자의 사상은 이해하기 어렵지만, 〈논어〉에 나타난 모습을 보면 퍽 인간적인 사람으로 보인다.

⋯→ 공자의 사상은 이해하기 어렵지만, 〈논어〉에 나타난 모습을 보면 공자는 퍽 인간적인 사람으로 보인다.

참고 ⋯→ 주술호응이 잘 안 되는 것은 첫째 문장을 너무 길게 쓰려 함이고, 둘째 주어와 술어의 위치가 멀어져 일어난다. 그러므로 문장을 짧게 쓰고, 주어와 서술어를 가까이 두어야 한다는 점을 명심하자.

〈수련 과제 8〉

① 비료나 농약을 치지 않고 자연 그대로 채소를 길렀다.

⋯→ 비료를 주지 않고 농약도 치지 않고 자연 그대로 채소를 길렀다.

② 글을 잘 쓰려면 신문과 TV 뉴스를 열심히 시청해야 한다.

⋯→ 글을 잘 쓰려면 신문을 꼼꼼히 읽고 TV 뉴스를 열심히 시청해야 한다.

③ 삶의 즐거움과 가슴의 기쁨이 펄펄 내리는 눈을 볼 때만 맛볼 수 있다.

⋯→ 펄펄 내리는 눈을 볼 때만 삶의 즐거움과 가슴의 기쁨을 맛볼 수 있다.

④ 학생은 공부에 집중하려면 술과 담배를 먹지 말아야 한다.

⋯→ 학생은 공부에 집중하려면 술을 마시지 말고 담배도 피지 말아야 한다.

⑤ 올림픽에서 보여준 국민적 에너지를 창조적 에너지로 바꾸어 국민 통합과 국가 경쟁력을 높여야 한다.

⋯→ 올림픽에서 보여준 국민적 에너지를 창조적 에너지로 바꾸어 국민 통합을 이루고 국가 경쟁력을 높여야 한다.

⑥ 그 사업은 국가에 막대한 예산과 자연을 훼손하여 큰 피해를 입혔다.

⋯→ 그 사업은 국가에 막대한 예산을 낭비하고 자연을 훼손하여 큰 피해를 입혔다.

⑦ 지금의 국·영·수 과목처럼 사서삼경만이 조선 시대 사람들은 전부로 알았다.

⋯→ 조선 시대 사람들은 지금의 국·영·수 과목처럼 사서삼경만을 전부로 알았다.

⑧ 한국 정부는 어선 침범에 대해 중국에 유감과 재발 방지를 촉구했다.

⋯→ 한국 정부는 어선 침범에 대해 중국에 유감을 표명하고 재발 방지를 촉구했다.

⑨ 명절에 고향집에 갈 때는 선물과 기쁜 소식을 듬뿍 알리면 좋겠다.

⋯→ 명절에 고향집에 갈 때는 선물을 듬뿍 들고 가 기쁜 소식도 함께 알리면 좋겠다.

⑩ 하늘에 검은 먹구름과 까마귀 떼가 한꺼번에 날아온다.

⋯→ 하늘에 검은 먹구름이 덮이고 까마귀 떼가 한꺼번에 날아온다.

참고 ⋯→ 목적어와 서술어의 호응이 안 될 때 의미가 명확하지 않다. 한 서술어에 두 개 이상의 목적어를 둘 때 일어나기 쉽다. 동질의 목적어가 아닐 때는 각각에 호응하는 서술어를 두어야 한다. 이것을 방지하기 위해서는 목적어와 서술어를 가까이 두거나, 긴 목적어일 경우에는 주어를 목적어 뒤, 곧 서술어 가까이에 두어야 명확하다. 즉, '목적어+주어+서술어'순서가 좋다.

〈수련 과제 9〉

① 이런 시위대의 주장은 전혀 설득력이 없다.
⋯→ 시위대의 이런 주장은 전혀 설득력이 없다.

② 이 판결에 대해 솔직하고 냉정한 심판님의 답변을 부탁합니다.
⋯→ 이 판결에 대해 심판님의 솔직하고 냉정한 답변을 부탁합니다.

③ 그 사건은 동네 창피해 고함치는 전 애인을 여자가 집에 들인 게 화근이었다.
⋯→ 그 사건은 고함치는 전 애인을(이) 동네 창피해 여자가 집에 들인 게 화근이었다.

④ 시민들이 사고로 숨진 세월호 희생자들을 추모하기 위해 촛불을 건물 앞 계단에 늘어놓고 있다.
⋯→ (세월호) 사고로 숨진 세월호 희생자들을 추모하기 위해 시민들이 건물 앞 계단에 촛불을 늘어놓고 있다.

⑤ 접속 지연으로 업무에 차질을 빚었으나 시스템 복구 작업이 완료돼 오후 4시 5시간 만에 정상화됐다.
⋯→ 접속 지연으로 업무에 차질을 빚었으나 시스템 복구 작업이 완료돼 5시간인 오후 4시에 정상화됐다.

⑥ 내일은 눈이 쏟아질 가능성이 높은 편이다.

···› 눈이 쏟아질 가능성이 내일은 높은 편이다.

⑦ 젊은 여자들은 허리가 얇은 연예인을 무척 부러워한다.

···› 허리가 얇은 연예인을 젊은 여자들은 무척 부러워한다.

⑧ 이 법의 개정으로 적지 않은 사람이 혜택을 입게 될 전망이다.

···› 법의 이번 개정으로 적지 않은 사람이 혜택을 입게 될 전망이다.

⑨ 로또 복권에 당첨될 확률은 번개를 맞아 죽을 확률보다 적다.

···› 번개를 맞아 죽을 확률보다 로또 복권에 당첨될 확률은 적다.

⑩ 외국인은 한국 관광에 대한 불만으로 상품 다양화와 가격 인하를 많이 지적했다.

···› 외국인은 상품 다양화 부족과 가격 인하 문제를 한국 관광에 대한 불만으로 많이 지적했다.

참고 ···› 수식어와 피수식어가 떨어지면 의미가 모호한 경우가 있다. 긴 수식어(관형절과 부사절)를 사용하지 말고 독립시키는 게 문장의 명확성에 더 좋다. 되도록 수식 관계를 근접시켜야 의미가 명확하다는 걸 명심하자.

〈수련 과제 10〉

① 혼자 감자농사를 지으며 고생했지만 농사를 그만두게 하지는 않으셨다.

···› 할머니 혼자 감자농사를 지으며 고생했지만 아버지가 농사를 그만두게 하지는 않으셨다.

② 이 철길이 북한까지 연결돼서 왔다 갔다 하고 가족도 만나기를 바

란다.

⋯→ 이 철길이 북한까지 연결돼서 왔다 갔다 하고 실향민 가족도 만나기를 우리는 바란다.

③ 우리 모두는 그 선생님을 존경했고 그분 또한 사랑했다.

⋯→ 우리 모두는 그 선생님을 존경했고 그분 또한 우리를 사랑했다.

④ 글자로 기록하면서부터 인류 문명은 비약적으로 발전했다.

⋯→ 인류가 글자로 기록하면서부터 인류 문명은 비약적으로 발전했다.

⑤ 또래 친구들을 불러 모아 일손을 빌려보았지만 군것질거리가 없을 땐 거들어주지 않는다.

⋯→ 또래 친구들을 불러 모아 일손을 빌려보았지만 군것질거리가 없을 땐 그들은 거들어주지 않는다.

⑥ 나는 믿는 사람이므로 두려울 것이 없다.

⋯→ 나는 신을 믿는 사람이므로 두려울 것이 없다.

⑦ 우리 당은 계속해서 개혁해 왔고 앞으로도 개혁해 나갈 것입니다.

⋯→ 우리 당은 계속해서 불합리를 개혁해 왔고 앞으로도 이걸 개혁해 나갈 것입니다.

⑧ 수필 창작 강좌를 만들어 키운 여자 제자들이 백일장에서 대상을 받기도 했다.

⋯→ 수필 창작 강좌를 만들어 그가 키운 여자 제자들이 백일장에서 대상을 받기도 했다.

⑨ 그 사람을 생각하며 좋은 일을 하고 열심히 살아야겠다고 다짐하며 어려운 수술을 받았다.

⋯→ 그 사람을 생각하며 좋은 일을 하고 열심히 살아야겠다고 그녀는 다짐하며 어려운 수술을 받았다.

⑩ 영수는 지난 한 해를 돌아보면서 친구들한테 미안하다는 생각을 했다.

⋯→ 영수는 지난 한 해를 돌아보면서 친구들한테 미안했다.

참고⋯→ 주어를 생략하면 행동의 주체가 누구인지 모호해지는 경우가 있다. 앞 문장과 이어져 주어가 분명한 경우, 필자가 사건의 주인공이어 추정이 가능한 경우는 주어를 생략하는 게 좋다. 주어를 밝히는 것이 오히려 글을 난삽하게 하고 문장의 간결성을 해치는 경우가 있기 때문이다. 이에 해당하지 않으면 주어를 밝혀야 문장의 모호성이 줄어든다. 주어를 명시할 때와 생략할 때를 잘 판단하기 바란다.

목적어가 빠져서 의미가 모호해지는 경우가 있다. 목적어가 반드시 필요한 타동사가 서술어로 쓰일 때와 다른 의미의 목적어 둘을 한 서술어로만 쓸 때 특히 유의하자. 술어와 목적어는 일대 일로 만나야 한다는 것을 명심하는 게 좋다.

〈수련 과제 11〉

① 사람들이 많은 도시를 다녀 보면 흥미롭다; a 도시에 사람이 많다는 것, b 여러 도시를 사람들이 많이 다닌다는 것. 둘다 모호하다.

⋯→ 사람들이, 많은 도시를 다녀 보면 흥미롭다; b.많은 도시를 다니면서 사람들은 흥미로워한다.

⋯→ 사람들이 많은, 도시를 다녀 보면 흥미롭다.; a, 인구가 많은 도시를 다녀 보면 흥미롭다.

② 강도를 물리친 용감한 용석이의 아버지가 화제가 되었다; a 용석이가 용감한가, b 아버지가 용감한가. 둘다 모호하다.

⋯› 강도를 물리친, 용감한 용석이의 아버지가 화제가 되었다; a. 용석이는 용감한데, 그 아버지도 강도를 물리쳐 화제가 되었다.

⋯› 강도를 물리친 용감한, 용석이의 아버지가 화제가 되었다; b.강도를 물리쳐 화제가 된 용석이 아버지는 용감하다.

③ 부모님께서는 즐거운 얼굴로 여행을 떠나는 나에게 손을 흔드셨다; a 즐거운 건 부모님, b 즐거운 건 나. 둘다 모호하다.

⋯› 부모님께서는 즐거운 얼굴로, 여행을 떠나는 나에게 손을 흔드셨다; a.여행을 떠나는 나에게 부모님께서는 즐거운 얼굴로 손을 흔드셨다.

⋯› 부모님께서는, 즐거운 얼굴로 여행을 떠나는 나에게 손을 흔드셨다; b. 즐거운 얼굴로 여행을 떠나는 나에게 부모님께서는 손을 흔드셨다.

④ 그는 성격 착실하고 책임감 강하지만 유능하지는 않다.

⋯› 그는 성격이 착실하고 책임감이 강하지만 유능하지는 않다.

⑤ 어떤 작가의 문장이 모두에게 미문이라고 확신하는 것은 이해하지 못했다.

⋯› 어떤 작가의 문장을 모두가 미문이라고 확신하는 것을 나는 이해하지 못했다.

⑥ 아내는 나보다 영화를 더 좋아한다.

⋯› 아내는, 나보다 영화를 더 좋아한다.

⋯› 나도 영화를 좋아하지만 아내는 더 좋아한다.

⑦ 이모가 사과와 귤 두 개를 주셨다.

⋯› 이모가 사과와 귤 한 개씩 주셨다.

⋯› 이모가 사과 한 개 와 귤 두 개를 주셨다.

⑧ 운전면허를 딴 다음날 중고차를 사서 고사 상에 올리고 식구들 먹

일 장을 봤다.

⋯› 운전면허를 딴 다음날 중고차를 사서, 고사 상에 올리고 식구들 먹일 장을 봤다.

⑨ 설령 그가 좋은 아버지가 아니었고, 고비용의 취미를 가졌다 해도 그것이 그의 사회적 요구를 멈출 이유는 되지 않는다.

⋯› 설령 그가 좋은 아버지가 아니었고 고비용의 취미를 가졌다 해도, 그것이 그의 사회적 요구를 멈출 이유는 되지 않는다.

⑩ 제수씨는 웃으면서 들어오는 아들에게 말했다.

⋯› 제수씨는, 웃으면서 들어오는 아들에게 말했다.

⋯› 제수씨는 웃으면서, 들어오는 아들에게 말했다.

참고⋯› 한 문장에서 두 개 이상의 의미로 해석할 수 있는 모호한 표현이 있다. 이런 글은 조사와 어미를 바르게 쓰거나, 쉼표를 적절히 사용해야 한다.

〈수련 과제 12〉

① 사람은 책을 읽어야 한다.

⋯› 예) 사람은 많은 분야의 책을 읽어야 한다.

② 영수는 마음이 아팠다.

⋯› 예) 영수는 마음이 저릿저릿 가슴에 통증이 왔다.

③ 새는 날아가 버렸다.

⋯› 예)눈이 빨간 새는 나무 위로 날아가 버렸다.

④ 숙희는 사과를 베어 물었다

⋯› 예) 사과를 베어 물던 숙희는 예뻤다.

⑤ 눈물이 흐른다.

···› 예) 눈물이 흐르면서 마음이 편안하게 가라앉았다.

⑥ 사랑은 눈물의 씨앗이다

···› 예) 사랑은 눈물의 씨앗이라 누가 말했는지 기억나지 않는다.

⑦ 노래를 힘차게 불렀다.

···› 예)힘찬 노래를 목이 터지도록 밤늦게 불렀다.

⑧ 그는 황소처럼 힘이 세다.

···› 예) 그는 황소처럼 힘이 셀뿐만 아니라, 가슴마저 따스하다.

⑨ 그 영화는 훌륭하다.

···› 예) 오래 전에 그녀와 본 영화는 슬펐지만 무척 훌륭했다.

⑩ 그 소녀는 무척 예쁘다.

···› 예)그 소녀는 보조개가 반달처럼 보여 무척 예뻐 보였다.

참고 ···› 독자가 읽으며 지루하지 않게 다양한 문장을 쓰려면, 다양한 어휘를 사용하고, 문장 구조의 변화를 주어야 한다. 짧은 문장과 긴 문장을 적절하게 혼용하고, 단문과 중문, 복문과 혼문을 두루 쓰는 게 좋다. 문장의 리듬감도 살리려면 어미의 다양한 사용을 권장한다.

〈수련 과제 13〉

① 쟁반 같은 보름달이 하늘높이 떴다.

···› 예) 그녀의 눈동자를 닮은 보름달이 하늘높이 떴다.

② 잠실 운동장으로 사람들이 물밀 듯이 밀려들었다.

···› 예) 잠실 운동장으로 사람들이 아프리카 초원을 달리는 누 떼처럼 밀

려들었다.

③ 명문 대학에 합격하기 위해 피나는 노력을 했다.

⋯→ 예) 명문 대학에 합격하기 위해 얼굴이 퉁퉁 붓고 변비에 걸려 눈물을 펑펑 쏟기도 했다.

④ 친구와 사귀는 여자는 굉장히 예쁘다.

⋯→ 예) 친구와 사귀는 여자는 슬쩍 곁눈질로 보았는데도 마음을 뺏길 만큼 예쁘다.

⑤ 아버지는 무척 엄격하고, 어머니는 매우 자상하였다.

⋯→ 예) 아버지는 아무리 아파도 학교에 결석하는 걸 용납하지 않았고, 어머니는 책가방과 신발은 물론이고 옷차림도 꼭 챙겨 주었다.

⑥ 세월은 쏜살같이 흐른다.

⋯→ 예) 세월은 말없이 혼자 고속도를 달린다.

⑦ 쥐 죽은 듯이 조용하다.

⋯→ 예) 먼지부스러기가 가라앉는 소리가 들릴 것만 같다.

⑧ 남자의 마음은 바다처럼 넓다.

⋯→ 예) 남자의 마음은 항공모함 수십 척을 품어도 넉넉할 만큼 넓다.

⑨ 어버이 은혜는 하늘보다 높고 바다보다 깊다.

⋯→ 예) 어버이 은혜는 하늘로 치솟는 로켓보다 높고 해일을 일으키는 지진의 진앙지보다 깊다.

⑩ 그녀의 피부는 백옥같이 희다.

⋯→ 예) 그녀의 피부는 빨랫줄에 널어 반짝이는 옥양목 천같이 희다.

참고 ⋯→ 진부하고 상투적으로 사용하는 관용적 표현을 버리고 남이 잘 쓰지 않는 나만의 비유와 표현을 쓰려면 상상력을 발휘하여 오래 생각하고 여러 문장을 자주 써보면 좋다. 특이한 표현보다는 정확한 것, 색다르며 기발한 것보다는 공감을 일으킬 수 있는 표현을 쓰도록 노력하자. 참신한 문장을 쓰려고 의미가 모호하거나 비문非文을 쓰지 않도록 유의하자. 간결한 문장에 명확한 문장이 우선이고 다양하고 참신한 표현은 그 다음이란 것을 잊지 않길 바란다.

〈수련 과제 14〉

① 우리는 자신의 삶을 선택할 권리와 자유가 있다.

⋯→ 우리는 삶을 선택할 권리와 자유가 있다.

② 대학생활에 있어서 컴퓨터의 중요성은 두말할 필요가 없다.

⋯→ 대학생활에 컴퓨터의 중요성은 두말할 필요가 없다.

③ 그녀와 헤어지고 눈물이 흐르는 걸 견딜 수 없었었다.

⋯→ 그녀와 헤어지고 눈물이 흐르는 걸 견딜 수 없었다.

④ 수필은 필자의 체험을 바탕으로 쓰여 진다.

⋯→ 수필은 필자의 체험을 바탕으로 쓴다.

⑤ 양국 정상은 북한 핵 동결에 인식을 같이 했다.

⋯→ 양국 정상은 북한 핵 동결을 같이 인식했다.

⑥ 까마귀는 몸의 색깔이 검은 것으로 특징지어진다.

⋯→ 까마귀는 몸의 색깔이 검은 것으로 특징짓는다.

⑦ 우리 학교는 인성교육에 중점을 두어 교육시키고 있습니다.

⋯→ 우리 학교는 인성교육 중점으로 교육시키고 있습니다.

⑧ 원가절감은 전 산업에 걸쳐 경쟁력 강화 방안의 핵심에 다름 아니다.

⋯→ 원가절감은 전 산업에 걸쳐 경쟁력 강화 방안의 핵심과 다르지 않다.

⑨ 서울 가는 차를 기다리는 중이다.

⋯› 서울 가는 차를 기다린다.

⑩ 지역감정은 반드시 극복되어야 한다.

⋯› 지역감정은 반드시 극복해야 한다.

4. 문단 조직

〈수련 과제 1〉 예문

① 혜수를 초등학교에서 만났다.

⋯› 두괄식

혜수를 초등학교에서 만났다. 산골로 전학해서 어리둥절할 때 처음으로 만난 짝꿍이었다. 선생님이 정해주었지만, 혜수를 만나서 새 학교에 빨리 적응했다. 혜수를 만난 초등학교는 언제나 기억에 새롭다. 혜수를 만났던 그 초등학교에 언젠가 다시 가보고 싶다.

② 어머니는 잘 웃었다.

⋯› 미괄식

어머니는 작은 일에도 웃었다. 다른 사람은 멀뚱하게 있는데, 어머니만 웃는 걸 자주 보았다. 웃을 때는 하얀 이가 드러나서 예뻐 보이기도 했다. 아버지도 어머니가 웃는 것을 보고 반했다고 했다. 그 웃음에 우리도 행복했다. 어머니는 잘 웃었다.

③ 선생님은 무척 엄했다.

…› 양괄식

선생님은 엄한 편이었다. 지각하는 아이에게 이유를 묻고, 늦었으면 반성문을 꼭 쓰게 하고 타일렀다. 그 애가 또 지각하면 역시 그대로 하였다. 학생이 버릇을 고칠 때까지 계속하여 반드시 나쁜 습관을 고치도록 했다. 숙제를 안 해와도 똑같이 하였다. 나쁜 말을 써도 그랬다. 선생님과 한 해를 보낸 학생들은 다음 해엔 많이 달라졌다. 선생님의 엄격한 가르침은 학교에서 누구나 알았다.

④ 파도는 바람에 넘실거린다.

…› 중괄식

바다에 바람이 몰려온다. 잠자는 물결을 일으켜 세우려 애쓴다. 잠에 빠졌던 물결은 비로소 기지개를 켠다. 그 바람에 파도는 넘실거린다. 바람은 물결을 깨워 파도를 만들고 저만치 달아난다. 파도는 바람을 동무 삼아 바다에 산다. 파도는 바람을 기다려 춤춘다.

⑤ 나는 책을 좋아한다.

…› 추정식

자랄 때는 읽을거리가 없었다. 교과서밖에 다른 책을 보기 어려웠다. 중학교에 들어가서 도서관을 처음 보았다. 그곳엔 책이 많았다. 방과 후엔 그곳에 자주 들렀다. 도서관이 문 닫을 때까지 그곳에서 지냈다. 집에 늦는다고 아버지가 여러 번 꾸중하였다. 첫 월급을 타고 바로 서점으로 달려갔다. 갖고 싶은 책을 여러 권 샀다. 지금도 아내는 책만 많이 산다고 잔소리 할 때가 많다. 책과 떨어져 사는 삶은 상상하기도 싫다. 이건 평생 못 고칠 것만 같다. (나는 책을 좋아하니까)

〈수련 과제 2〉 예문

⑥ 봄에 피는 꽃은 예쁘다.

···› 두괄식

봄에 피는 꽃은 예쁘다. 봄의 햇살을 맘껏 받아서 예쁜가 보다. 봄꽃을 가만히 보고 있자면 그 안에 해님이 들어가 웃는 듯이 예쁘다. 봄꽃이 햇살의 사랑을 다 받아서 여름에 피는 꽃은 봄꽃보다 예쁘지 않다. 예쁜 꽃이 피는 봄을 무척 좋아한다.

···› 미괄식

겨울이 지나 봄이 오면 꽃이 핀다. 긴 겨울을 지나고 본 꽃이라 더욱 예쁘다. 여름에도 꽃은 피지만 봄보다 예쁘지 않다. 봄꽃을 이미 보아 둔감해졌는지 모를 일이다. 봄 처녀가 눈길을 끄는 것은 이 때문인가. 봄에 피는 꽃은 모두 예쁘니 말이다.

⑦ 바람은 보이지 않는다.

···› 중괄식

어디에서 와 어디로 가는가. 흔적은 가끔 남기지만 정확히 알 수 없다. 감추고 싶은 사연이 많아서 그런가. 바람은 보이지 않는다. 맑은 눈을 지니지 못해 그런가. 고요한 마음에서 맞이할 생각이 없는 것인가. 그를 볼 수 없기에 그리움만 품어본다.

…› 양괄식

바람은 눈에 보이지 않는다. 귀로 들리고 손끝에서 느낀다. 나를 향한 그대의 사랑도 그런지 모른다. 바람처럼 왔다 바람처럼 가니 말이다. 붙잡으려 애쓰는 건 그래서 부질없다. 다가올 때 느끼고 떠날 때 보내면 되리라. 눈에 보이지 않기에 바람인지 모르겠다.

⑧ 미인은 마음씨가 아름답다.

…› 두괄식

미인은 마음씨가 아름답다. 외모만 아름답다고 미인일까. 아닐 것이다. 아름다운 마음씨는 미인의 첫째 조건이다. 그 예쁜 마음씨에 외모까지 아름다우면 금상첨화니 얼마나 좋은가. 마음이 아름답지 않은 사람은 미인으로 불릴 자격이 없다 해도 탓하지 마라. 마음은 추하면서 겉만 번지르르 치장하는 여인은 아름다울 수 없다.

…› 추정식

미인이라면 외모만 생각하기 쉽다. 외양의 아름다움도 물론 미인의 요건이다. 하지만 외모만으로 미인이라 부르긴 어딘가 부족하다. 미인은 외모만이 아니라 마음씨도 아름답게 지녀야 한다. 추한 마음씨를 가졌다면 어찌 미인이라 부를 수 있겠는가. 미인은 그 마음씨에서부터 비롯하기 때문에 말이다.(미인은 마음씨가 아름다우니까)

⑨ 인생은 아름답다.

…› 중괄식

한 인간이 출생하여 성장하고 살다 보면 늙는다. 자연스레 맞이하는 노년에서는 죽음으로 가는 길에 놓인 질병의 다리를 대부분 건너서 죽음을 맞는다. 그래도 인생은 아름답다. 아름답지 않으면 어찌 인생이 사람에게 주어졌겠는가. 자신의 삶을 열심히 살아내려 애쓰는 사람에게는 아름다운 인생이 선물로 주어지기 때문일 것이다.

…› 미괄식

한 인간이 출생하여 성장하고 살다 보면 늙는다. 자연스레 맞이하는 노년에서는 죽음으로 가는 길에 놓인 질병의 다리를 대부분 건너서 죽음을 맞는다. 죽음이 찾아올 때까지 자신의 삶을 열심히 살아내려 애쓰는 사람은 아름답게 보인다. 그런 사람에게는 아름다운 인생이 선물로 주어지기 때문일 것이다. 아름답지 않으면 어찌 인생이 그 사람에게 주어졌겠는가. 그래서 인생은 아름답다.

⑩ 나무는 사랑스럽다.

…› 양괄식

나무는 사랑스럽다. 옆으로 가지를 펼쳐 자라는 나무도 사랑스럽고, 위로 훤칠하게 커 올라가는 나무도 사랑스럽다. 마음이 넉넉한 나무가 옆으로 자라기 좋아한다면, 자랑하고 싶은 게 많은 나무라서 위로 자라고 싶은지 모른다. 옆으로 가지를 뻗치는 나무는 그늘을 충분히 만들어주어서 사랑스럽다. 위로 줄기를 세우는 나무는 하늘로 향한 꿈이 커서 사랑스럽다. 옆으로 자라든, 위로 치솟든지 나무는 보는 것만으로도 사랑스럽다.

⋯➝ 추정식

햇볕을 더 쪼이려 발뒤꿈치를 자꾸만 들려고 움질거리는 나무를 본다. 숲에서 그런 나무를 볼 때면 앙증스러워 가만히 안아주고 싶다. 꽃만 사랑스러운 게 아니다. 나무도 꽃 못지않다. 어떤 나무는 손으로 살살 어루만지면 사랑을 느끼는지 사르르 몸을 떨기도 한다. 정다운 손길로 살며시 애무하면서 그 나무 곁에서 오랫동안 머무르고 싶다. (나무는 사랑스러우니) 나무의 동반자로 살면서.

5. 문 구성하기

〈수련 과제 1〉

득조지방(得鳥之方)

1. 두혁(杜赫)이 동주군(東周君)에게 경취(景翠)를 추천하려고 짐짓 이렇게 말했다. "군(君)의 나라는 작습니다. 지닌 보옥을 다 쏟아서 제후를 섬기는 방법은 문제가 있군요. 새 그물을 치는 사람 얘기를 들려드리지요. 새가 없는 곳에 그물을 치면 종일 한 마리도 못 잡고 맙니다. 새가 많은 데에 그물을 펴면 또 새만 놀라게 하고 말지요. 반드시 새가 있는 듯 없는 그 중간에 그물을 펼쳐야 능히 많은 새를 잡을 수가 있습니다. 이제 군께서 대인(大人)에게 재물을 베

푸시면 대인은 군을 우습게 봅니다. 소인에게 베푸신다 해도 소인 중에는 쓸 만한 사람이 없어서 재물만 낭비하고 말지요. 군께서 지금의 궁한 선비 중에 꼭 대인이 될 것 같지는 않은 사람에게 베푸신다면 소망하시는 바를 얻을 수 있을 것입니다." '전국책(戰國策)'에 나온다.

2. 득조지방(得鳥之方), 즉 새를 많이 잡는 방법은 새가 많지도 않고 없지도 않은 중간 지점에 그물을 치는 데 있다. 너무 많은 곳에 그물을 치면 새 떼가 놀라 달아나서 일을 그르친다. 전혀 없는 곳에 그물을 펼쳐도 헛수고만 하고 만다. 대인은 이미 아쉬운 것이 없는데 그에게 재물을 쏟아 부으면 대인은 씩 웃으며 "저 자가 나를 우습게 보는구나" 할 것이다. 그렇다고 소인에게 투자해서도 안 된다. 애초에 건질 것이 없어서다. 지금은 궁한 처지에 있지만 손을 내밀면 대인으로 성장할 만한 사람에게 투자하면 그는 크게 감격해서 자신의 능력을 십이분 발휘할 것이다. 이 중간 지점의 공략이 중요하다. 대인은 움츠리고 소인은 분발해서 그물에 걸려드는 새가 늘게 된다.

3. 큰일을 하려면 손발이 되어 줄 인재가 필요하다. 거물은 좀체 움직이려 들지 않고 거들먹거리기만 한다. 상전 노릇만 하다가 조금만 소홀해도 비웃으며 떠나간다. 소인배는 쉬 감격해서 깜냥도 모르고 설치다 일을 그르친다. 역량은 있으되 그것을 펼 기회를 만나지 못한 이에게 동기를 부여해줄 때 뜻밖의 성과를 거둘 수 있다. 새 그물은 중간에 쳐라. 하지만 그 중간이 대체 어디란 말인가? 그가 그 사람인 줄을 알아보는 안목이 없다면 이 또한 하나마나 한 소리다.

1. 두혁(杜赫)이 동주군(東周君)에게 경취(景翠)를 추천하려고 짐짓 이렇게 말했다.
2. 득조지방(得鳥之方), 즉 새를 많이 잡는 방법은 새가 많지도 않고 없지도 않은 중간 지점에 그물을 치는 데 있다.
3. 큰일을 하려면 손발이 되어 줄 인재가 필요하다.
4. 새 그물은 중간에 쳐라.

해설 ···› 예문은 1문단은 미괄식, 2문단은 양괄식, 3문단은 두괄식으로 조직한 3문단 구성이다. 각 문단의 소주제문에 밑줄 쳤다. 문제는 3문단이다. 3문단의 소주제는 1과 2문단에서 설명한 새잡는 유용한 법을 인재를 구하는 데 비유하여 적용한 내용이다. 그런데 문단 끝의 밑줄 친 내용은 소주제와 어긋난다. 필요한 인재를 알아보는 안목이 더 중요하다는 역설적 주장을 펼친다. 따라서 이처럼 3문단의 소주제와 상치되는 내용은 따로 문단을 조직해야 필자의 주장이 더 분명하다. 문단 구분은 독자에 대한 서비스다. 문단은 글쓴이가 내세우는 의견을 일목요연하게 시각적 구분(문단)으로 정리하여 보여주는 것임을 잊지 말기 바란다.

〈수련 과제 2〉

폭주하는 세상, 신문을 거꾸로 읽어보라

1. 나약하고 간사해라 인간이여. 겨우 온도계 눈금 몇 개 내려갔을 뿐인데 지구는 다시 살 만한 곳이 되었다. 아침저녁으로 선선한 것이

어찌나 기특하고 감사한지 내내 창문을 열고 잤다. 감사로만 끝냈어야 했다. 오뉴월 감기보다 더 걸리기 어렵다는 늦여름 감기로 한참을 고생했다. 날씨 풀린 것도 고마운데 조금 있으면 추석이라 또 기쁘고 감사하다.

2. 그런데 둘러보면 추석 말고는 별로 좋은 게 없다. 아니 대부분 다 나쁘다. 안으로 보면 의정부, 육조(六曹)가 사간원(司諫院)과 싸우고 레이더 설치 문제를 놓고 지역과 지역이 다툰다. 훈구파와 386 사림의 대결은 휴전인가 싶더니 다시 전면전 직전이다. 밖으로 보면 미국과 중국이 각을 세우고 중국과 일본이 서로 한 대 칠 기세인데 이 와중에 북한의 핵청년은 지치지도 않는지 열심히 미사일을 쏘아가며 비거리(飛距離)를 늘려가고 있다. 욕구불만인지 불안감 때문인지 자세 나쁘다고, 본인 말씀 중인데 안경 닦았다고 측근들을 고사포로 쏴 죽인다. 흩어진 살점보다 몸으로 날아간 포탄의 숫자가 더 많다고 하니 듣는 것만으로도 소름 제대로 돋는다.

3. 실은 성격 문제가 아니다. 왕은 두 개의 신체를 갖는다. 자연적 신체와 정치적 신체가 그것인데 자연적 신체는 병들고 소멸하지만 정치적 신체는 영원불멸, 신성불가침한 것이다. 해서 왕의 정치적 신체를 침범한 불경(不敬)에 대한 처벌은 몇 배나 가혹하고 잔인할 수밖에 없다. 쉽게 말해 고사포 처형은 죄인의 몸을 완벽하게 파괴해 보는 이들에게 공포를 심어주는 종교적 의식에 가깝다. 여기까지 읽으신 것만으로도 머리가 지끈지끈하실 것이다. 몰라서 답답한 게 아니라 알아서 속이 터진다. 속 안 터지려면 차라리 모르는 게 낫다.

4. 틈만 나면 뉴스 검색을 하는 친구가 있다. 이유를 물으니 혹시 중요한 거 놓칠까 봐 그렇단다. 친구에게 말해줬다. 일단 너는 그런

걸 다 알아야 할 중요한 인물이 절대 아니며 세상에는 그렇게 안달하면서까지 알아야 할 만큼 중요한 일이 없다고. 실제로 그렇다. 신문을 거꾸로 읽어보면 바로 동의하실 것이다. 뒷장부터 읽으시란 얘기가 아니다. 일주일 치를 모아뒀다가 토요일 자부터 거꾸로 읽어보라는 말씀이다. 토요일 자를 읽고 나면 그 전날, 전전날에 극성을 부려가며 난리치던 일들이 참 별것 아니라는 사실을 알게 된다. 나라가 뒤집히는 줄 알았는데 알고 보니 쥐 한 마리였고 죽일 듯 싸웠지만 흐지부지 서로 면피하며 끝낸다. 협상 같은 건 이번 생에 없다며 눈에서 불을 뿜지만 어느새 손을 맞잡고 웃고 있다. 정말이지 별것 없다. 지나고 나면 다 시시하다. 세상의 속도에 말려 덩달아 피곤해 할 필요 없다는 얘기다.

5. 명절 동안만이라도 세상에 문을 닫고 살 생각이다. 어렵게 더위 견디고 추석 맞았는데 잡다한 세사(世事)로 기분 잡칠 필요 없지 않은가. 가족, 친척 모여서 돌아가신 분 이야기를 하고 살아계신 분 어깨 한 번 더 주물러 드리는 것이 정신 건강에 백 배 낫다. 송편, 토란국, 누름적, 닭찜에 맑은 술을 나눠 마시고 달구경을 하자. 겸손과 감사로 덕담을 나누자. 인간의 삶은 외롭고 가련하며 불결하고 잔인하며 짧다. 홉스라는 철학자가 한 말이다. 어렸을 땐 몰랐는데 이보다 따뜻한 위로가 없다.

1. 나약하고 간사해라 인간이여.
2. 그런데 둘러보면 추석 말고는 별로 좋은 게 없다.
3. 실은 성격 문제가 아니다.
4. 틈만 나면 뉴스 검색을 하는 친구가 있다.

5. 명절 동안만이라도 세상에 문을 닫고 살 생각이다.
6. 인간의 삶은 외롭고 가련하며 불결하고 잔인하며 짧다.

해설 ⋯→ 각 문단의 소주제를 밑줄로 표시했다. 1문단은 미괄식, 2문단은 두괄식, 3문단은 미괄식, 4문단은 양괄식, 5문단은 양괄식인데, 다른 내용을 첨가하면서 문단의 응집성에 문제가 생겼다. 필자의 개인적인 명절을 보낼 계획에서 독자에게 "~ 하자"고 권유하면서 벗어나더니 인간 전체로 확대하여 철학자 말을 인용하며 아주 빗나간다. 이걸 필자가 동의하며 마무리 삼았으나 소주제와 더 멀어졌다. 이 부분을 별개 문단으로 독립시켜야 할 이유다.

이 글은 다룬 주제에 비해서 분량이 과도하다. 신문의 특성상 일정 지면을 채워야 하는 사정으로 불가피했을 수는 있다. 추정한 근거는 이렇다. 4문단은 제거해도 별 문제 없는 내용으로 보인다. 앞선 3문단에서 제시한 내용은 세상의 잡사는 차라리 모르는 게 낫다는 것인데, 한 친구를 내세워 실례를 들어 부연하고 보충하는 것이 굳이 찾자면 이 문단의 역할이다.

이처럼 불필요한 내용을 빼고 응집성을 손상시킨 5문단의 끝부분을 제외하여 새로 구성해 본다. 예문에서 필자가 주제로 삼은 것을 요약하면 이렇다. '세상일 일일이 챙기며 알아봐야 쓸 데 없고 피곤한데, 이번 추석엔 맛있는 것 먹고 친척들과 잘 지내는 게 좋으니 나와 여러분은 명절에 감사하며 덕담을 나누자' 쯤 될 것이다. 아래에 새로 조정했으니 본문과 비교하며 읽어보기 바란다.

폭주하는 세상, 신문을 거꾸로 읽어보라

1. 나약하고 간사해라 인간이여. 겨우 온도계 눈금 몇 개 내려갔을 뿐인데 지구는 다시 살 만한 곳이 되었다. 아침저녁으로 선선한 것이 어찌나 기특하고 감사한지 내내 창문을 열고 잤다. 감사로만 끝냈어야 했다. 오뉴월 감기보다 더 걸리기 어렵다는 늦여름 감기로 한참을 고생했다. 날씨 풀린 것도 고마운데 조금 있으면 추석이라 또 기쁘고 감사하다.
2. 그런데 둘러보면 추석 말고는 별로 좋은 게 없다. 아니 대부분 다 나쁘다. 안으로 보면 의정부, 육조(六曹)가 사간원(司諫院)과 싸우고 레이더 설치 문제를 놓고 지역과 지역이 다툰다. 훈구파와 386 사림의 대결은 휴전인가 싶더니 다시 전면전 직전이다. 밖으로 보면 미국과 중국이 각을 세우고 중국과 일본이 서로 한 대 칠 기세인데 이 와중에 북한의 핵청년은 지치지도 않는지 열심히 미사일을 쏘아가며 비거리(飛距離)를 늘려가고 있다. 욕구불만인지 불안감 때문인지 자세 나쁘다고, 본인 말씀 중인데 안경 닦았다고 측근들을 고사포로 쏴 죽인다. 흩어진 살점보다 몸으로 날아간 포탄의 숫자가 더 많다고 하니 듣는 것만으로도 소름 제대로 돋는다.
3. 실은 성격 문제가 아니다. 왕은 두 개의 신체를 갖는다. 자연적 신체와 정치적 신체가 그것인데 자연적 신체는 병들고 소멸하지만 정치적 신체는 영원불멸, 신성불가침한 것이다. 해서 왕의 정치적 신체를 침범한 불경(不敬)에 대한 처벌은 몇 배나 가혹하고 잔인할 수밖에 없다. 쉽게 말해 고사포 처형은 죄인의 몸을 완벽하게 파괴해 보는 이들에게 공포를 심어주는 종교적 의식에 가깝다. 여기까지 읽

으신 것만으로도 머리가 지끈지끈하실 것이다. 몰라서 답답한 게 아니라 알아서 속이 터진다. 속 안 터지려면 차라리 모르는 게 낫다.

4. 명절 동안만이라도 세상에 문을 닫고 살 생각이다. 어렵게 더위 견디고 추석 맞았는데 잡다한 세사(世事)로 기분 잡칠 필요 없지 않은가. 가족, 친척 모여서 돌아가신 분 이야기를 하고 살아계신 분 어깨 한 번 더 주물러 드리는 것이 정신 건강에 백 배 낫다. 송편, 토란국, 누름적, 닭찜에 맑은 술을 나눠 마시고 달구경을 하자. 겸손과 감사로 덕담을 나누자.

〈수련 과제 3〉

장수선무(長袖善舞)

1. 해외에서 터무니없는 학술 발표를 듣다가 벌떡 일어나 일갈하고 싶을 때가 있다. 막상 영어 때문에 꿀 먹은 벙어리 모양으로 있다 보면 왜 진작 영어 공부를 제대로 안 했나 싶어 자괴감이 든다. 신라 때 최치원도 그랬던가 보다. 그가 중국에 머물 당시 태위(太尉)에게 자기추천서로 쓴 '재헌계(再獻啓)'의 말미는 이렇다. "삼가 생각건대 저는 다른 나라의 언어를 통역하고 성대(聖代)의 장구(章句)를 배우다 보니, 춤추는 자태는 짧은 소매로 하기가 어렵고, 변론하는 말은 긴 옷자락에 견주지 못합니다(伏以某譯殊方之言語, 學聖代之章句, 舞態則難爲短袖, 辯詞則未比長裾)."

2. 자신이 외국인이라 글로 경쟁하면 아무 문제가 없지만 말을 유창

하게 하는 것만큼은 저들과 경쟁 상대가 되지 않음을 안타까워 한 말이다. 글 속의 '단수(短袖)'와 '장거(長裾)'는 고사가 있다.

3. 먼저 단수(短袖)는 '한비자(韓非子)' '오두(五蠹)'의 언급에서 끌어왔다. "속담에 '소매가 길어야 춤을 잘 추고, 돈이 많아야 장사를 잘 한다'고 하니, 밑천이 넉넉해야 잘하기가 쉽다는 말이다.(鄙諺曰: ('長袖善舞, 多錢善賈'此言多資之易爲工也)." 춤 솜씨가 뛰어나도 긴 소매의 맵시 없이는 솜씨가 바래고 만다. 장사 수완이 좋아도 밑천이 두둑해야 큰돈을 번다. 최치원은 자신의 부족한 언어 구사력을 '짧은 소매'로 표현했다.

4. 장거(長裾), 즉 긴 옷자락은 한나라 추양(鄒陽)의 고사다. 추양이 옥에 갇혔을 때 오왕(吳王) 유비(劉濞)에게 글을 올렸다. "고루한 내 마음을 꾸몄다면 어느 왕의 문이건 긴 옷자락을 끌고 다닐 수 없었겠습니까?(飾固陋之心, 則何王之門, 不可曳長裾乎)" 아첨하는 말로 통치자의 환심을 살 수도 있었지만 일부러 그렇게 하지 않았다는 뜻이다. 여기서 긴 옷자락은 추양의 도도한 변설을 나타내는 의미로 쓰였다. 최치원은 자신이 추양에 견줄 만큼의 웅변은 없어도 실력만큼은 그만 못지않다고 말한 셈이다. 긴소매가 요긴해도 춤 솜씨 없이는 안 된다. 그런데 사람들은 긴 소매의 현란한 말재간만 멋있다 하니 안타까웠던 게다.

1. 해외에서 터무니없는 학술 발표를 듣다가 벌떡 일어나 일갈하고 싶을 때가 있다.
2. 신라 때 최치원도 그랬던가 보다.
3. 자신이 외국인이라 글로 경쟁하면 아무 문제가 없지만 말을 유창

하게 하는 것만큼은 저들과 경쟁 상대가 되지 않음을 안타까워 한 말이다.

4. 먼저 단수(短袖)는 '한비자(韓非子)' '오두(五蠹)'의 언급에서 끌어왔다.
5. 장거(長裾), 즉 긴 옷자락은 한나라 추양(鄒陽)의 고사다.
6. 최치원은 자신이 추양에 견줄 만큼의 웅변은 없어도 실력만큼은 그만 못지않다고 말한 셈이다.

해설 ⋯› 각 6개 소주제에 밑줄 쳤으니 참고하자. 1문단에서 필자와 비교 대상인 최치원의 일화는 분리해야 분명하게 의미 구분이 되니 분단하는 게 좋다. 같은 이유로 4문단에서도 '장수선무' 고사와 최치원의 경우를 분리해야 필자의 집필 의도가 명확히 드러난다. 이것은 결국 애초에 필자가 체험에서 고른 제재를 빛나게 한다. 그 얘기를 하고자 쓴 글이 아닌가.

〈수련 과제 4〉

〈수정 예문〉

1. 요즘은 아기 방 꾸미는 일에 마음을 팔고 있는 중이다. 벽지를 핑크색으로 할까, 민트색으로 할까. 기린 모양 자석칠판을 붙여줄까, 로봇 모양 자석칠판을 붙여 줄까. 작은 오두막집은 꼭 들여놔야지. 아기가 아장아장 오두막집을 드나드는 모습을 보면 얼마나 귀여울까. 밋밋한 형광등은 떼어 내고 비행기 모양을 한 전등으로 바꿔

줄 테야.

2. 어린이집 대기 신청도 걸어 두어야 하고 유치원도 일찌감치 신청해야 한다던데. 우리아기는 바로 저기, 저 초등학교에 입학을 하겠네. 즐거운 상상은 딱 여기까지다. 학교라니, 나는 사실 걱정이 많은 사람이 아니었다. 지금은 다르다. 내 아기가 이 나라에서 학교를 다녀야 하나. 내가 그동안 이곳에서 본 아이들은 지금껏 다 어떠했나. 그들은 피기도 전에 이미 시든 꽃 같지 않았나. 비겁과 반칙을 숱하게 목격해도 이제껏 그래왔으니 또 앞으로도 그럴 것이니, 이이들은 지레 시니컬한 얼굴을 하고 그저 선행학습이나 줄기차게 해오지 않았나.
3. 아기가 태어난 이후로 그래서 나는 화가 자주 났다. 걱정이 늘었기 때문이었다. "여긴 안전하니까 마음대로 뛰어다녀!"그럴 수 없을 것 같아 애가 말랐다. 그럼에도 광화문에 나앉은 중학생들을 본다. 마이크를 잡고 피켓을 든 고등학생도 본다. 할 말 따박따박 잘 하는 아이들이 신기하고 예뻐서 한참을 본다.
4. 훗날 내 아기가 이 아이들 틈에 끼어 나에게 전화를 걸어 주었으면 좋겠다. "엄마! 친구들이랑 광장에 나왔는데 너무 오래 걸어서 배고파!"그러면 내가 당장 버거킹에 들러 와퍼를 열 개쯤 사들고 달려갈 텐데. 시든 꽃이 아니라 서툰 꽃이었는데 내가 그걸 몰랐구나.

해설 ···› 1문단은 집안에서 한 아기에 대한 사랑의 행위고, 2문단은 아기가 자랄 마주칠 첫 사회인 유치원, 학교의 교육환경에 대한 걱정이다. 3문단은 부모가 되고 난 이후 필자의 자녀 양육 걱정과 새로움이다. 4문단은 아이에 대한 인식의 전환이다. 이렇게 내용 성격이 다른 것을 원문에선 1문단에 가정과 사회의 서로 다른 시선(사랑과 우려)을 묶어 놓았고, 2문단에선 걱정이 전환된 계기와 새로운 인식을 함께 섞었다.

이것을 예문처럼 시각적으로 구분하여 제시하면, 독자의 이해도가 높아질 걸 예상할 수 있다. 이글은 기승전결의 구성 방식으로 짜여 있다. 그러면 이에 맞추어 외형에도 드러내야 바람직하다. 필자만의 내면 논리가 문단 구성이란 외면의 시각화로 뚜렷해지면 더욱 좋지 않겠는가. 글을 쓰는 사람은 항상 이 점을 염두에 두어야 할 것이다.

〈수련 과제 5〉

〈수정 전 원문〉

1. 구글, 애플, 페이스북, 테슬라, 4차 산업혁명을 이끌고 있는 실리콘 밸리 기업들이다. 왜 글로벌 최고 혁신 기업들은 실리콘 밸리에 거주하고 있는 것일까? 수많은 지역 정부가 실리콘 밸리를 모방해 보았지만 결과는 대부분 미미하다. 인근에 있는 스탠버드대학 덕분일까? 그러나 MIT 중심으로 만들어진 매사추세츠의 루트 128은 그다지 성공하지 못했다. 그렇다면 캘리포니아의 따뜻한 날씨 덕분? 따듯하지만 전통 산업 위주인 텍사스 오스틴을 반대 케이스로 들 수 있다. 아니면 자유로운 분위기 때문일까? 자유로운 분위기로 유명한 시애틀이나 덴버는 글로벌 하이테크 허브를 만드는데 실패했다. 그렇다면 질문해 보아야 한다. 비슷한 조건의 미국 도시

들조차도 모방에 실패한 모델을 대한민국 지자체들이 시도한다는 것은 무의미하지 않을까? 회사에 알록달록한 책상을 들려놓고 영어 이름을 부른다고 해서 갑자기 혁신적 생각이 만들어질까?

2. 이스라엘 역시 비슷하다. 우리가 그들의 창업 정신을 그대로 모방할 수 있을까? 최근 이스라엘 '창조 경제의 아버지'라 불리는 테크니온 공대 다니엘 바이스 교수와 이야기 나눌 기회가 있었다. 결론부터 말하면 이스라엘의 성공은 필연과 우연의 합작품이다. 이스라엘은 오랜 시간 사회주의 공동체 노선을 추구했다. 하지만 아랍 국가들과 치른 1967년 6일전쟁과 1973년 욤키푸르전쟁은 모든 걸 바꿔놓았다. 서방 국가들이 하루아침에 무기 수출을 중단하자 이스라엘은 없는 것에서 새로운 것을 만들고, 불가능한 것을 가능하도록 해야 했다. 1991년 소련이 해체되면서 유대인 과학자 · 수학자 · 공학자 수십만 명이 이스라엘로 이주하기 시작했고, 대학에서 자리를 얻지 못한 기술자들은 창업을 선택했다.

3. 다른 사람의 인생은 모방할 수 없다. 우리는 언제나 우리 자신이기 때문이다. 국가도 비슷하다. 다른 나라의 역사적 필연과 우연은 모방할 수 없다. 이제 우리 역시 대한민국만의 우연과 필연을 기반으로 한 새로운 혁신 문화를 만들어야 한다.

〈수정 예문〉

1. 구글, 애플, 페이스북, 테슬라, 4차 산업혁명을 이끌고 있는 실리콘 밸리 기업들이다. 왜 글로벌 최고 혁신 기업들은 실리콘 밸리에

거주하고 있는 것일까? 수많은 지역 정부가 실리콘 밸리를 모방해 보았지만 결과는 대부분 미미하다. 인근에 있는 스탠버드대학 덕분일까?

2. 그러나 MIT 중심으로 만들어진 매사추세츠의 루트 128은 그다지 성공하지 못했다. 그렇다면 캘리포니아의 따뜻한 날씨 덕분? 따듯하지만 전통 산업 위주인 텍사스 오스틴을 반대 케이스로 들 수 있다. 아니면 자유로운 분위기 때문일까? 자유로운 분위기로 유명한 시애틀이나 덴버는 글로벌 하이테크 허브를 만드는데 실패했다.
3. 그렇다면 질문해 보아야 한다. 비슷한 조건의 미국 도시들조차도 모방에 실패한 모델을 대한민국 지자체들이 시도한다는 것은 무의미하지 않을까? 회사에 알록달록한 책상을 들려놓고 영어 이름을 부른다고 해서 갑자기 혁신적 생각이 만들어질까?
4. 이스라엘 역시 비슷하다. 우리가 그들의 창업 정신을 그대로 모방할 수 있을까? 최근 이스라엘 '창조 경제의 아버지'라 불리는 테크니온 공대 다니엘 바이스 교수와 이야기 나눌 기회가 있었다. 결론부터 말하면 이스라엘의 성공은 필연과 우연의 합작품이다. 이스라엘은 오랜 시간 사회주의 공동체 노선을 추구했다.
5. 하지만 아랍 국가들과 치른 1967년 6일전쟁과 1973년 욤키푸르 전쟁은 모든 걸 바꿔놓았다. 서방 국가들이 하루아침에 무기 수출을 중단하자 이스라엘은 없는 것에서 새로운 것을 만들고, 불가능한 것을 가능하도록 해야 했다. 1991년 소련이 해체되면서 유대인 과학자 · 수학자 · 공학자 수십만 명이 이스라엘로 이주하기 시작했고, 대학에서 자리를 얻지 못한 기술자들은 창업을 선택했다.
6. 다른 사람의 인생은 모방할 수 없다. 우리는 언제나 우리 자신이기 때문이다. 국가도 비슷하다. 다른 나라의 역사적 필연과 우연은 모

방할 수 없다. 이제 우리 역시 대한민국만의 우연과 필연을 기반으로 한 새로운 혁신 문화를 만들어야 한다.

해설 ⋯▸ 원문은 시각적으로 불안하다. 문단 간에 분량 균형이 맞지 않는 가분수 꼴이다. 서두가 크고 갈수록 줄어드는 역삼각형이다. 물체로 보면 세울 수 없는 형상이다. 독자가 각 문단의 핵심 내용인 소주제를 파악하기 힘들다. 필자가 어떤 이야기를 하고 있는지 알아내려면 상당한 공력을 들여야 한다. 그래도 쉽게 의미를 건져내기 어렵다. 독자에 대한 서비스 정신을 발견할 수 없다. 필자 중심의 권위주의적 태도와 주입식 논리 전개의 형태다.

이와 비교하여 수정 예문을 보자. 각 문단 사이에 분량 균형이 잡혀 있다. 핵심 내용 별로 문단을 구분하니 독자가 이해하기 수월하다. 잘게 나누어 씹기 좋도록 이유식을 마련하는 이유가 바로 여기에 있다. 필자는 과학자이므로 내용의 논리적 전개는 갖추었는데, 이를 글로 구성하는 인식이 부족하여 이런 결과를 낳는다. 잘 차려진 밥상이 먹기도 좋다. 왜 정확하게 소주제별로 문단을 구성해야 하는지 명심하길 바란다.

〈수련 과제 6〉

김정은의 兄 독살테러도 '있을 수 있다'는 文측 위원장

1. 정세현 전 통일부장관이 김정은의 김정남 독살에 대해 "권력의 속

성상 어쩔 수 없는 일이라고 생각한다"고 말했다. 그는 김대중·노무현 정부에서 통일부장관을 역임했고 지금은 문재인 전 민주당 대표의 국정자문단 '10년의 힘 위원회' 공동위원장을 맡고 있다. 정 전 장관은 인터넷 매체와의 인터뷰에서 "정치적 경쟁자는 제거하는 것이 권력 입장에서는 불가피한 일"이라고 말했다. "형제간에도 얼마든지 (살해)될 수 있다" "정치라는 틀 자체에서 보면 일어날 수 있는 일"이라고 했다. 전체적으로 김정은을 이해할 수도 있다는 취지다.

2. 정 전 장관은 특히 김정은의 테러를 박정희 정부 당시 발생한 김대중 납치 사건이나 이승만 정부 때 김구 피살사건과 비슷한 것이라는 식으로 말했다. 우리도 40~60여 년 전 권위주의 정부시절 불행한 정치적 사건이 없었던 것은 아니다. 그러나 민주와 인권의 싹조차 밟아 유린하고 주민 전체를 실제 노예화한 북의 김씨 왕조와 그런 인간 말살 체제에 맞서 싸우며 여기까지 온 대한민국을 이거나 저거나 마찬가지라는 식으로 보고 있다는 것은 단순한 과장과 비약의 문제가 아니다. 더구나 그런 사람이 집권이 유력한 후보의 자문단 위원장이라면 국가적으로 위험한 문제라고 우려하지 않을 수 없다.

3. 정 전 장관은 김대중 대통령에 의해 장관에 발탁된 후 거의 180도 달라져 '같은 사람이 맞느냐'는 의문이 들 정도였다. 그 이후 그의 경솔하고 맹목적인 햇볕 추종 언행은 열거하기가 어려울 정도다. 2004년 "김정일 위원장이 '북핵'이라는 무모한 선택을 할 사람이 아니다"라고 했는데 김정일은 2년 뒤 핵실험을 했다. 정 전 장관은 2015년 북의 지뢰도발로 우리 군인 두 명이 다리를 잃는 등 부상당하자 "박근혜 정부의 대북정책 전환을 촉구하는 일종의 돌려차기"

라며 "(북한의) 역발상의 전략"이라고 했다.

4. 지난달엔 미·북 제네바 합의와 9·19공동성명은 미국이 파기했다고 했다. 두 합의는 북이 핵 동결과 폐기에 검증을 거부했기 때문에 깨진 것이다. 태영호 전 북한 공사의 증언대로 북은 애초에 핵을 포기할 생각이 없었다. 그동안의 대화는 기만전술일 뿐이었다. 하지만 정 전장관은 지금도 북이 핵을 포기할 의사가 있었다고 믿는다. 속고 속아도 북의 '선의(善意)'에 대한 믿음만은 거두지 않는다. 그는 사드도 북의 공격을 막는 게 아니라 미국의 패권을 위한 것이라고 한다.
5. 문재인 국정자문단 공동위원장 자리는 그의 외교·안보 정책에 대해 조언하는 직책이다. 문 전 대표는 "정세현 장관의 말씀 취지에 대해 정확히 알지 못하지만 다른 뜻을 갖고 있지 않을 것"이라고 했다. 문 전 대표는 김정은의 살인 테러를 "결코 용서받을 수 없는 패륜적인 범죄행위"라고 규정했지만, 정 전 장관의 인식에 대해서는 별 문제가 없다고 본다는 것이다.
6. 정 전 장관과 같은 사람들은 우리 내부의 상대방에 대해선 무서울 정도로 가혹한 잣대를 들이대고 비난하면서, 사람을 사람으로 취급하지 않는 북한 폭력 집단에 대해선 어떻게든 이해해보려 노력한다. 이런 사람들이 다시 정권을 잡고 외교·안보 정책을 좌지우지할 가능성이 높아진다고 한다. 앞으로 이들이 더 고개를 들고 나설 것이다.

▶ 예문에서 각 문단의 소주제문에 밑줄을 치고 개요도를 그린다.

구성단계	문단번호	문장수	개요	핵심어
기	1	5	김정은을 이해할 수도 있다.	이해
	2	4	자문단 위원장이라면 국가적으로 위험한 문제다.	위험
승	3	4	같은 사람이 맞냐는 의문이 든다.	의문
	4	7	북의 선의에 대한 믿음만은 거두지 않는다.	믿음
전	5	3	문 전 대표는 전 장관의 인식에 대해 별 문제가 없다고 본다.	문제
결	6	3	이들이 더 고개를 들고 나설 것이다.	고개

6. 초고 집필하기

1. 서두 쓰기 〈수련 과제 1〉 – 예문

1) 단점

올 해로 회갑을 맞이했는데도 나는 눈물이 많다. 그동안 살면서 많이 흘러 말랐을 터이지만 아직도 누선을 자극받으면 흘린다. 꼭 잠기지 않는 수도꼭지와 진배없다. 확실하게 잠갔다고 생각했는데 어느새 풀렸는지 졸졸 샌다. 새는 수도꼭지의 물은 그릇을 받쳐놓아 두면 쓸데라도 있다. 이 눈물은 그야말로 한 푼도 쓰잘데기 없다. 낯만 지저분하게 한다. 안경을 쓰니 잘 드러나지 않아서 다행스럽긴 해도, 뒤처리하느라 매번 불편하기만 하다.

2) 취향과 취미

눈이 떠졌다. 방안은 아직 어둠 속에 잠겨 있다. 옆 자리의 아내도 깊은 잠에 빠진 듯 숨소리 고르다. 아무쪼록 평안한 잠이길 바라며 자리에서 빠져 나온다. 시계를 보니 해가 출근할 시간은 아직 멀다. 새들도 따스한 둥지의 안락에 안겨 있나 보다. 사람이나 짐승도 일터로 나서기 전에 생의 피로를 풀기 좋은 시간일 터이다. 담 옆 수녀원의 종소리도 들리지 않는다. 주위 아무도 깨어있지 않은 나만이 깨어난 새벽이다.

3) 사건과 사고

건축 박람회에 갔다. 집을 지으려고 구상 중이어서 이곳저곳 다니는 중이었다. 도중에 점심 먹으려고 지난번에도 들렀던 음식점에 갔다. 보쌈 정식을 주문했다. 밑반찬으로 미역 줄기 무침이 나왔다. 보쌈 정식이라서 보쌈용 김치 역시 차려있었다. 무언가를 먹다가 이에 엄청난 고통이 전해 왔다. 뱉어보니 작은 돌덩이였다. 주인을 부르지도 않고 아픈 이를 피해 가며 마저 음식을 먹고 그 집에서 나왔다.

4) 자아 성찰

새벽에 하늘을 바라본다. 구름이 주위에 희미하게 퍼져 있지만 그믐달이 잘 보인다. 근처에는 친구라도 되는 듯 정답게 별도 자리하고 있다. 집 안마당에서도 간혹 보는 달이지만 오늘 이곳의 달은 다르다. 여기는 설악산의 봉정암 안마당이다. 별과 달이 오랜 동안 정을 나눈 사이처럼 따스한 기운이 감돈다. 서울에서도 보는 달과 별이지만 이곳에선 무척 특이하다. 내 마음 상태가 다른 것일까?

5) 여행

가방이 무척 크다. 작은 몸체의 여자인데, 그걸 들고 계단을 오르는데 많이 힘겨워 보인다. 다가가서 그 짐을 들어 주었다. 나에겐 그리 힘들지 않은데, 그녀에게는 꽤 벅차 보인다. 여러 날을 여행해야 하지만 그렇게 많은 짐과 큰 가방이 필요한지 궁금하다. 가방안의 짐이 어떤 것이 얼마나 있는지 모르지만, 큰 가방을 갖고 온 것을 보면 많이 들었으리라 짐작케 한다. 당연히 여행에 필요한 것을 담았겠지만 그만큼 큰 가방이 필요한지 의문이 날 때가 종종 있다.

6) 동식물

근무하는 곳은 운동장이 있다. 그 둘레에는 느티나무가 여러 그루다. 수령은 알 수 없지만 크기로 보아서 수십 년은 넘는다. 사는 곳인 인수봉로에는 가로수가 은행나무다. 이곳도 거리에 따라서 어린 나무도 있지만 큰 나무 역시 수십 년 이상의 나이를 먹은 듯하다. 근무하는 곳의 나무와 사는 곳의 나무이니 별다른 이유 없이도 두 곳의 나무를 자주 보게 된다.

2. 본문 쓰기 〈수련과제 2〉 – 예문

1) 단점:

1. 사내는 태어나 죽기까지 세 번만 눈물을 흘려야한다는 말이 있을 정도로 남자가 흘리지 말아야 할 것의 첫 손에 꼽았다. 남자는 세상의 사냥터에서 먹거리를 구해서 가족 구성원들을 부양해야 한다. 사나운 발톱과 날카롭고 단단한 이빨을 가진 맹수들을 사냥해야 할 숲속에서 울어선 혼자 몸의 생존도 어렵다. 인생의 정글이

얼마나 냉혹한지는 먼저 그곳을 다녀온 사람들은 잘 안다. 그러기에 후배 사냥꾼들한테 일찌감치 그런 세뇌를 마련한 것이다.

2. 어려서도 나는 잘 울었다. 누이 셋 다음으로 세상에 첫 울음을 터트렸다. 처음 맞는 남동생이라서 누이들이 잘 대해주었을 터인데도 자주 눈물을 보였다. 조개 잡으러 바닷가 마을로 갈 때도 누이들을 따라가지 못해서 울었다. 함께 가자고 졸라대면 꼭 심부름을 시켰다. 데리고 갈 테니 집에 가서 무엇을 어찌하라 해서 그걸 처리하고 달려가면 누이들은 하늘로 솟았는지 땅으로 꺼졌는지 보이지 않았다. 그때는 토담 한 편에서 길 저편 누이들이 사라진 쪽을 바라보며 원망으로 어룽진 눈물바람을 어김없이 날려 보내곤 했다. 부모님한테 잘못을 지적만 받아도 눈물이 볼을 타고 내려왔다. 왜 그리 눈물을 흘려야 할 서러운 일이 많았는지 모르겠다. 울보라는 호칭은 쉽게 나에게 들러붙었다.

3. 나이를 먹어가면서 눈물을 흘리는 경우가 많이 줄어들었다. 눈물로 해결되는 일이 응어리진 가슴의 상처를 어루만지는 것 말고 뭐가 있겠는가. 더 이상 울면서 살아갈 사회가 아니란 걸 머리가 커지듯 눈물샘을 단속하던 감정 뇌의 고사리 손도 한 겹씩 두툼해지기도 했을 게다. 수도가 한집 두 집 놓이면서 집안의 우물이 버려지고 막히다가 고물 장수에게 넘어간 줄로만 알고 살았다. 샘터 물자리가 넓고 깊어서 그랬는지 아주 말라버린 건 아니었던가 보다. 신문을 보거나 TV 뉴스를 보다가 찔끔 갓난쟁이 오줌 지린 것 마냥 눈가에 눈물이 번지는 일도 어쩌다 일어나긴 했다. 슬픈 뉴스나 감동적인 사연을 보고 들으면 예전의 울보 기질을 발휘했다. 울보의 과거 경력이 감성 인생 이력서에 한 줄 흐린 채로 남아 있는 거였다.

4. 몸이 한줌씩 늙어가며 여러 감각이 줄어만 가는데 이 눈물 감각의 감퇴 속도는 가다서다 느릿느릿 완행열차를 탔는가 싶다. 슬퍼 우는 게 보통이나 눈물은 기뻐서도 나오는 것이 아니던가. 그야말로 종합 감정 치유액인데, 아주 말라버린다면 그것 또한 문제이니 계속 승객으로 남아 목적지까지 가야하지 않겠는가. 누구에게나 눈물이란 갓난쟁이 살갗처럼 투명한 감성이 자극 받아 신체적인 반응을 보이는 것일진대, 눈물이 흘러나오는 한 살아있다는 생명체로서의 신표 아닌가 하니 썩 다행이다 싶기도 하다.

2) 취향과 취미:

1. 새벽에 일어나도 할 일이 있어 좋다. 번잡하고 소란한 낮보다 한결 집중이 잘 된다. 신문을 읽기에도 편안하고, 책상에 앉아 일기장을 펼치거나 글을 쓰기에도 제격이다. 어제 읽다 펼쳐 놓은 글도 눈길을 끈다. 창가 화분의 식구들에게 안부도 물어 본다. 밤 새 그들은 어떤 시간을 보냈는지 잠시 궁금해 다가가 본다. 아직 명상에 잠겨 있는지 본체만체 한다. 사랑을 받기보다 사랑하는 것이 행복하다는 말이 맞는 순간이다. 두루두루 여유로운 새벽이 안아주는 안일함이 좋다.
2. 나는 특히 글을 쓰는 새벽 시간을 좋아한다. 세상의 관심과 간섭을 벗어나서 오로지 내면에 침잠하여 단어를 잡아다가 문장으로 묶기 좋다. 줄지어 기다리던 단어들이 간택에 환호하며 뛰어나올 때는 그들의 주인 노릇을 맘대로 할 수 있어 좋다. 다른 시간에 그들은 꾀를 부리고 억지로 생떼를 쓰면서 나를 따라오지 않아 애를 먹인다. 한창 바쁠 때는 거드름을 피우며 게을러 속을 태우기도 하는데, 이 새벽 단어들의 노동 시장에는 맘대로 그들을 골라잡을 수

있어 신이 난다. 그들도 이 시각에 선택받지 못하면 하루 종일 일거리가 없어서 힘들다는 것을 진작 깨우치고 있는지 모르겠다.

3. 상쾌한 기분으로 시작하는 새벽 일터는 능률이 아주 잘 오른다. 단어 일꾼과 문장의 십장什長이 협조만 잘 해주면 글 집 한 채의 골조도 후딱 올리게 만든다. 골조가 단단하게 굳고 여기에 사유의 배관을 조정하고 색색의 수사修辭 도배지로 내부 인테리어 공사를 추가하려면 며칠이 더 걸린다. 새벽 공사가 잘 되면 그들을 일찍 쉬게 하고 간혹 낮잠도 허용할 만큼 내 인심도 후해진다. 한두 채 짓고 말 사업이 아니니 그들의 환심을 처음부터 얻어놓지 않으면 어렵다. 이 길로 전업한 지 얼마 안 되지만 그 정도 눈치는 있다. 유사사업을 얼마간 해 본 노하우다.

4. 누군가 새로운 사업을 구상하려한다면 새벽에 나서 보길 권한다. 오로지 혼자만의 대화에 전념하기 좋다. 창의의 샘물은 새벽에 더욱 힘차게 솟아난다고 할까. 밤새 고인 피곤의 시간은 흘러가고 생기의 피가 활발히 돌기 좋은 시간이어서 그런지 모르겠다. 몸을 쓰는 근력의 일이 아니라면, 내면 응시가 필요한 사람이라면, 사색의 고리를 지어야 할 일이라면 새벽은 자신을 아낌없이 내어준다. 새벽은 이 사람들을 사랑하기 위해 태어났는지도 모른다. 어머니들이 간절한 기도를 드릴 때는 이 시간을 택하는 것도 아마 이런 이유일 것이다. 새벽이 기껏 자신을 내어놓을 때 맘껏 그를 사랑하는 것도 행복한 일이다.

3) 사건과 사고:

1. 음식을 만들다 보면 간혹 실수로 불순물이 끼여 들어갈 수 있다. 집에서도 간혹 그런 음식물에 잠시 이가 고통을 겪는다. 고의가 아

닌데 그런 실수를 뭐라 하긴 그렇다. 이 음식점도 그러리라 생각하고 아픈 이는 시간이 지나면 괜찮으리라 여겼다. 간혹 씹는 위치가 다른지 아프다가 괜찮다가 반복이 되면서 참을 만했다. 그렇게 하루 이틀 지나며 가라앉기를 기다렸는데, 어떤 때는 무척 고통스럽게 아팠다. 이게 그냥 가라앉을 상태가 아닌가 싶었다. 치과에 가서 정밀 진찰을 받아보기로 했다.

2. 엑스레이를 찍어 그 결과를 보여주는데 그저 놀라울 뿐이다. 오른쪽 위 어금니 옆의 치아인데, 깨진 상태이고 뿌리까지 상한 상태라 다른 치료가 없단다. 발치하고 틀니나 임플란트 시술밖에 없단다. 치아가 상한 사유를 말하니 소견서를 써 줄 수 있다지만, 벌써 며칠 지난 일이니 음식점을 상대로 보상 받기가 어려운 형편일 것은 뻔하다. 그 당시에 상태를 알리고 무슨 확인서라도 받아 챙기지 않은 무심함과 경솔함이 아픈 이를 새삼 더욱 아프게 쑤셔 왔다. 이것을 어찌한단 말인가?

3. 병원을 나오면서 상당히 불쾌하고 우울했다. 왜 이 일을 그렇게 멍청하게 처리했었나? 조금만 더 생각하여 신중하게 처리할 수는 없었을까? 아내도 그 자리에 동석했었는데, 왜 나한테 필요한 조언을 아니해주었나? 나만큼 무신경이고 대책 없기는 똑같다고 생각하니 더욱 부아가 치밀었다. 다른 게 내조인가 이런 것이 정말로 실속 있는 내조가 아닌가. 아내한테 화풀이라도 해야 속이 조금 가라앉을 것 같다. 새해를 맞이하여 얼마 지나지 않았는데, 이런 재수 없는 일을 당하다니, 집을 지을까 했는데 이거 조짐이 좋지 않으니 어찌해야 할까? 여러 생각이 머리를 복잡하게 오가며 혼란스러워 발걸음이 뒤뚱거렸다.

4. 임플란트 시술 비용이 아깝고 속상한 것은 그렇다 치자. 치료 하는

과정의 신체적 고통과 불편함, 병원을 오가야 하는 시간과 노력의 지불, 앞으로 감당해야 할 이 모든 것에 대한 부담으로 통째 밀려오는 무게가 자꾸 이 몸에 쏟아져 내려왔다. 그러자 그 원인이 된 음식점이 떠올랐다. 사무실이 들어찬 빌딩의 1층 한 구석에 테이블이 너 댓 개의 작은 음식점, 음식 맛이 그런대로 먹을 만했기에 작년에 이어서 올해도 들렀던 음식점, 이곳에서 떼돈을 벌기는 어렵고, 상가 임대료 빼고 인건비와 재료비 제외하면, 그 집의 어머니와 아들로 보이는 남자가 그저 적당히 먹고 살 만큼의 벌이가 아닐까? 그런 곳에 적선한다고 마음을 돌리면 어떨까? 차라리 그게 속이 더 편한 것은 아닐까? 어차피 내 돈으로 치료할 수밖에 없는데, 자신을 원망해 봐야 나을 것도 없고, 아픈 마음을 끌어안고 가느니, 자기 것을 덜어 기부도 하면서 사는 사람들도 있는데, 엎드려 절받기식이 아니면, 이솝 우화에 나오는 어느 여우의 신포도 명명처럼 생각을 고치는 것이 차라리 낫지 않을까?

4) 자아 성찰:

1. 아침에 일어나 마당으로 나온다. 신문을 가지러 나온 참이다. 그러면서 습관적으로 하늘을 올려다본다. 그럴 때 동쪽 하늘에 새벽 별과 함께 달이 보인다. 잠시 바라보다가 신문을 들고 집안으로 들어간다. 얼마쯤 있다가 하늘을 창으로 내어다보면 달도 별도 도시의 불빛 속으로 사라져 보이지 않는다. 그리곤 잊고 하루를 보낸다. 다음 날에도 비슷한 일과로 특별한 감흥이 없이 바라보고 잊고 다시 바라보고 그렇게 살아간다.
2. 봉정암 마당에서 바라보는 달은 다르다. 어둠 속으로 대청봉이 자리한 쪽을 바라보면서 달을 더욱 세심하게 쳐다본다. 달에서 눈을

떼지 못하게 무언가 붙잡는다. 그 아래의 세상을 생각하게 한다. 산 아래 세상이 이곳과 무엇이 다른지 잘 모르나 산 속의 세상, 아래에서 보는 달과 이곳의 달은 달랐다. 그저 힐끔 지나며 보는 달이 아니다. 오랫동안 잊고 있었던 옛사랑을 확인하듯이 반가움이 바람처럼 밀려든다. 달과 아련한 로맨스에 빠질 것만 같은 심정이다.

3. 달은 달이로되 달이 아니다. 새벽은 새벽이되 새벽이 아니다. 같은 새벽 시간이되, 공간이 달라져 다른 것일까? 공간이 바뀌면서 마음도 달라졌나? 일상에서 벗어난 상태이기에 다를까? 정확히 알 수 없지만 이곳의 달은 달라 보인다. 부처가 사는 곳이라서, 적멸보궁의 진신사리가 안치된 곳이라 그럴까? 산속의 정기가 어떤 영향을 미치는 것인가. 나의 자아 정체를 탐구하듯이 달을 보면서 상념에 빠진다.
4. 장소가 바뀌었는데도 이렇게 달이 달라 보이니, 아예 시간까지 다르다면 더욱 다르게 보이리라. 다른 시각에 딴 곳에서 달을 본다면 그 차이가 더 크지 않을까? 어느 해 여름인가 백두산 주변에서 늦은 밤에 그곳의 달과 별을 본 적이 있었다. 그 쏟아지듯 한 별들의 무리는 매우 인상적이었다. 그 거리감도 마치 손을 조금 더 위로 뻗으면 어느 별에선가 손이 나와 마주 잡을 것만 같았다.

5) 여행:

1. 한 팀으로 여행하는 나는 가방도 작고, 그 안도 비어있는 공간이 있을 만큼 짐을 가능한 작게 꾸린다. 그러면 계단이나 저층의 숙소는 엘리베이터 기다리지 않고도 가방을 들고 오르내릴 수 있고, 이동하는데도 아주 편리하다. 그렇다고 필요한 물건을 안 가지고 온 것은 아니다. 여행하는데 특별한 불편이 없도록 중요한 것은 챙긴

다. 다만 집이 아니니 결코 양보할 수 없는 필수적인 것만 챙긴다. 일기장과 틈틈이 읽을 책, 카메라와 갈아입을 최소한의 옷가지 등등. 해서 짐 때문에 별달리 힘들 것은 없다.

2. 여자는 의상과 외모에 신경을 많이 쓰니 그럴 수도 있다. 옷맵시 자랑도 아니고 패션쇼는 더욱 아닌데, 함께 여행하는 여자들은 대체로 여러 종류의 옷을 준비해 가지고 와서 그것을 날마다 갈아입는다. 자주 보게 되는 사람의 눈을 즐겁게 하려고 그런 눈요기의 선행을 베푼다고 보면 감사한 일일지 모른다. 그것도 자발적으로 나서서 그러하니 그 봉사 정신에 경의를 표해야 한다는 생각이 잠시 들기도 한다. 그러면서도 고개가 갸웃거려지는 건 왜일까?

3. 그러나 여행지의 숙소를 옮길 때마다, 그 무거운 가방을 이동하면서 힘들어 하는 것을 보면 왠지 보기가 거북하다. 대체로 다른 사람들은 각자의 짐을 챙기느라 그런 것에 관심을 두지도 않고 무심하다. 나만 그런가, 이런 장면을 볼 때마다 도와주지 않으면 켕기다 못해 애처로운 생각이 들기까지 한다. 그렇다고 함부로 나섰다가는 괜한 오해를 살 수도 있으니 조심스럽다. 남자가 어떤 여자에게 과잉(?) 친절을 베풀다가 타인의 눈총을 받을지 알 수 없다. 사람들은 으레 자신이 하지 않는 일을 남이 하면 색안경을 끼고 보기 십상이니 약간의 인내와 경계가 필요한 것도 사실이다.

4. 여행 가방만이 아니다. 자신이 감당하지 못할 것을 가지려고 애쓰는 사람을 심심치 않게 만난다. 아니면 소유하기는 하지만 그것을 지키고 관리하느라 많이 힘들어 하는 것도 역시 적잖이 보게 된다. 인간은 욕망의 동물, 그 욕망 추구에 누구라도 예외는 없다. 그렇다 해도 어느 정도 자신의 힘으로 제어 가능한 정도의 욕망에 한정해야 하지 않을까? 철모르고 생 떼쓰는 젓 먹이 아이도 아닌데, 그

런 욕망의 집착에 매여서 허우적이는 사람을 보면, 큰 가방 때문에 낑낑거리는 여인처럼 지켜보기가 안쓰럽다.

6) 동식물:

1. 가을의 풍경이 두 곳 다 근사하다. 느티나무의 색상은 노랗다기보다 누우런 쪽에 가깝고, 거기에 약간의 불그스레한 빛도 섞여 있다. 햇볕을 받는 정도가 다르니 나뭇잎마다 단풍의 색상이 동일하지 않다. 동네의 은행나무는 단색의 노란 옷을 입었다. 잎들마다 색상의 차이는 맨눈으로 보기에는 별로 달라 보이지 않는다. 그렇지만 같은 도로가에 있는 가로수인데, 단풍이 드는 시기가 다르다. 어떤 곳의 은행은 벌써 노랗게 옷을 갈아입었는데, 그에서 멀지 않은 곳의 나무는 아직도 푸르스름한 빛을 띠고 이제야 늦게 물들어 가기 시작한다.
2. 나무마다 단풍의 색이 다르다. 나무의 품종이 다르고 사는 곳이 같지 않으니 그렇겠다 싶다. 자세히 보면 나무마다 다른 것이 아니라 잎마다 다른 것을 발견하게 된다. 하나의 단풍잎도 역시 살펴보면 위와 아래가 다르고, 앞과 뒷면이 다르며 잎맥과 잎면의 색이 다르다. 현미경으로 관찰한 것이 아니라 육안으로 보아도 그렇다. 제각기 다른 그런 걸 보다가 아하, 나무도 개성이란 게 있구나 하는 생각에 이른다.
3. 진작 지니고 있던 나무들의 개성을 단풍을 보다가 늦게 깨우친 것에 불과하다. 그동안 모르고 있었지만 나무들마다 특유의 다름을 지닌 것을 못보고 몰랐을 뿐이다. 사람만 개성이 있는 것으로 무심코 살아왔었는데, 어느 순간에 단풍든 나무를 보다가 이를 발견한 셈이다. 뉴턴도 사과가 떨어지는 것을 보다가 만유인력을 발견했

다고 했던가.

4. 그저 땅에 뿌리를 내리고 한곳에서만 살다 가는 나무도 개성이 있을 수 있다는 것을, 아니 개성을 지니고 산다는 것을 깨우치고 나니 나는 어떠한지 돌아보았다. 나무 정도의 개성이 있는지, 그에 미치지 못하는지, 그 정도는 넘어서 살고 있는지 자문해 본다. 혹시 있다면 무엇일까?

3. 결미 쓰기 〈수련 과제 3〉 – 예문

1) 단점:

앞으로 걸어갈 삶의 길에서 또 어떤 눈물을 흘리며 살까 꽤나 궁금하다. 우주의 탄생만큼 인류의 기원만치나 자못 흥미롭다. 그게 슬픔의 눈물일까 기쁨의 분출일까. 촉촉하게 자주 젖은 눈가를 감추기 힘들거나 눈물을 닦아내는 손수건을 갈아대기 귀찮을 여로인지, 말라버린 눈물로 안구건조증이 찾아오는 삶일지 모르기는 마찬가지일 것이다. 이런들 어떠며 저런들 어떻겠는가. 그게 맘대로 되는 것도 아닐 바에야 보이는 길을 묵묵히 걸어갈 밖에 무에 남은 게 있겠는가.(방민, 「울보랍니다」, 『미녀는 하이힐을』, 태학사, 2015, 173-176면)

2) 취향과 취미:

노년이 다가오면 잠이 없어진다는 말을 한다. 새벽에 일찍 깨는 것을 보면 나도 노년임에 틀림없다. 노년이라 일찍 일어났는데 할 일이 없다면 얼마나 허전할까. 텅 빈 공간이 지배하는 시간에는 유난히 소리가 크게 들리기 마련이다. 아직 깊은 잠에 든 식구들이 있다면 자칫하면 그들을 방해하기 쉽다. 새벽에 깨는 것이 누군가에게 해가 된다면 이건 피해야 할 일이다. 그런데 식구들 모르게 나만이 새벽에 일을 할 수 있다는 건 얼마나 다행인가. 나는 이 생동감이 출렁대는 새벽을 마냥 좋아한다.(방민, 「새벽이 좋다」, 『미녀는 하이힐을』, 태학사, 2015, 189-192면)

3) 사건과 사고:

집으로 향하는 발걸음이 차차 안정되어 왔다. 가쁘던 호흡과 달아오르던 안색도 차츰 수그러들었다. 그래, 이제 어쩔 수 없으니 이렇게라도 마음을 다독이자. 신년 초인데, 한 해의 액땜한 턱으로 점심값 비싸게 치룬 셈 치자. 그렇게 마음을 진정시켰지만, 한 끼 점심값으로 치기에는 임플란트 시술 비용 150만 원이 아무래도 비싸기만 했다. 아마도 내 평생 점심치고는 최고가 아닐까? 씁쓰레 웃으며 집으로 발길을 재촉했다. 태양이 흉보듯 저만치서 흘금댔다.(방민, 「평생 최고의 점심」, 『방교수, 스님이 되다』, 에세이문학출판부, 2014, 160-163면)

4) 자아 성찰:

나라는 존재에 대해서 생각해 본다. 존재란 어느 공간과 시간 속에서 놓이는가에 따라 의미가 다른 것이 아닐까? 이 시각에 도시의 집에서 있을 때와 다른 곳에 있는 내가 다르다는 것을 어렴풋이 달 주위의 희미한 구름처럼 느끼고 있다. 과연 어느 곳에 나를 자리하게 해야 참다운 존재 의미를 찾을까? 흘러가는 시간 속에서 어느 자리를 찾아야만 참된 인생의 의미를 알게 될까? 불상 앞에서는 도를 찾지는 못했어도 절 마당에서 달을 보았다. 산 위로 조금씩 밝아오는 여명 속에서 존재의 의미를 흘깃 헤아려 본다.(방민, 「봉정암의 달」, 『방교수, 스님이 되다』, 에세이문학출판부, 2014, 178-180면)

5) 여행:

우리네 인생도 마찬가지 아닐까? 힘에 겨운 큰 가방을 들고 여행을 다니는 사람처럼, 욕망의 크기를 한없이 키워서 나날의 삶을 힘겹게 끌고 다니는 삶을 돌아보고, 자신의 힘으로 조절할 수 있게 적당한 짐을 꾸려 담을 수 있는 가방의 삶을 사는 게 좋지 않을까? 각자 인생의 크기를 정확히 알려고 하기보다, 타인을 의식해서 외양에 치중하여 힘겨운 가방을 너나할 것 없이 끌고 다니느라 세상살이가 괴로운 것은 아닌지 모른다. 가방을 비워서 작고 가벼운 것을 들고 다니면 더욱 행복한 인생 여행이 되지 않을까? 나는 앞으로는 더욱 작은 가방을 들고 살아가리라 마음을 다져본다.(방민, 「여행 가방」, 『미녀는 하이힐을』, 태학사, 2015, 235-237면)

6) 동식물:

개성이 있다는 것과 개성적으로 사는 것과는 다를 것이다. 혹은 개성적으로 사는 게 잘사는 것인지도 분명하지 않다. 나무의 개성을 돌아보면서 내가 개성이 있는 것은 잘 모르지만, 개성적으로 살고는 싶다. 이 '개성적'으로 사는 게 무엇인지 이제부터 곰곰이 궁리하면서 나무처럼 제 색깔로 물들며 그렇게 살아가고 싶다.(방민, 「나무의 개성」, 『미녀는 하이힐을』, 태학사, 2015, 59-61면)

4. 교정과 제목 정하기 〈수련 과제 4〉 - 교정 예문

초고를 완성한 후에 수정과 교정이 어떻게 진행되는지 다음 사례를 보고 참고하자. 초고부터 4번에 걸쳐 수정하여 완성한다. 초고에서 최종본까지 실제는 몇 차례 더 있었지만 생략한다. 추후에 수필집

낼 때 또 수정할지 지금으로선 알 수 없다.

어떠한 글이라도 완벽하게 쓰기는 어렵다. 천의무봉天衣無縫한 글은 현실에선 없다는 말이다. 다만 그에 가까이 다가서려고 끊임없이 노력할 뿐이다. 각 예문에서 달라진 부분을 밑줄로 표시하니 비교해 보자.

로맨스와 스캔들 1

남녀의 개인 사연을 타인이 뭐라 한다. 얼마 전 국제 영화제에서 수상한 유명 여배우의 경우가 그렇다. 그들을 비난하는 편의 잣대로는 스캔들이다. 로맨스로 보는 건 둘만 그럴지 모른다. 그녀의 사연은 진정 스캔들일까, 로맨스일까? 그게 궁금하다.

과거로 돌아가면 유사한 사건이 여럿 있다. 국내에선 영화배우 최무룡과 김지미도 그런 일이 있었고, 외국에선 잉그릿드 버그만도 그랬다 하고, 엘리자베스 테일러도 그런 걸로 알고 있다. 이런 사연은 꼽아보면 적지 않다. 현재만이 아니라 앞으로도 흡사한 사연들이 끊이지 않을 것이다. 남녀 사이에서 일어나는 어쩌면 자연스러운 일인지 모르겠다.

인간의 로맨스는 모두 부러워한다. 아름다운 사랑의 행태로 보며 누구나 선망하는 일이다. 본능적 애욕의 당연한 발현으로 이해할 수 있다. 자기를 귀애貴愛하는 마음으로 다른 누군가를 사랑하는 것으로 보는 것이다. 남을 사랑한다는 것은 자신의 사랑이 외부로 향한 것이니 그럴 만도 하다는 생각이다.

문학에선 로맨스가 단골 주제의 하나다. 선화공주와 서동, 평강공주와 온달의 설화는 성춘향과 이몽룡으로 이어지고, 서양에선 로미오와 줄리엣이 대표적이다. 젊은 남녀의 사랑이 아름다운 결실 혹은 비극적인 결말로 다르지만, 분명한 것은 이 로맨스를 비난하거나 부정적으로 볼 꼬투리를 찾기 어렵다. 독자의 마음에 선망의 불씨를 심어두는 로맨스가 아닌가.

치정癡情이라 불리는 스캔들은 흔한 시빗거리다. 손가락질을 해야만 하고 외면해도 좋은 죄악의 하나로 보려한다. 성경에서 말하는 부정한 간음의 시선에서 멀리 벗어나지 못한다. 이 또한 문학에서도 즐겨 다룬다. '금병매'의 서문경과 반금련, '적과흑'의 줄리앙, 이광수 '유정'의 최석과 남정임, '차털리 부인의 사랑'에서 코니와 멜라스, '마담 보바리'의 엠마 등이 소설에서 만나는 스캔들이다. 대중적 사회의 시각에선 그렇게 볼만하다. 작가는 스캔들을 로맨스로 전환시키고 싶어 한다. 이 판단은 독자의 몫이지만 가능하기도 하다.

현실이나 문학에서 드러난 사태는 동일하지만 한편에선 로맨스나 다른 시선에선 스캔들이다. 누구라도 자신과 주인공에게 벌어진 상황을 스캔들로 인정하기 꺼린다. 향기가 폴폴 새는 로맨스로만 보고 싶어 한다. 자기애가 넘쳐서 그런지도 모른다. 자존감이 드러난 것일 수도 있고, 생명체 본연의 외침일 수도 있겠다. 아니면 각자의 인생을 너무 사랑해서 일어나는 착각은 아닐까. 일회적 인생이 아쉬우니 고집스럽게라도 본능 따라 직진하는 것일까.

대다수는 남의 로맨스는 굳이 스캔들로 보고 싶어 한다. 경쟁의 심리일까, 부러움의 반작용일까. 타인에게 일어난 일은 스캔들의 관점에서만 보려고 한다. 내 것이 중요한 만큼 남의 것은 깎아내리고자 하는 감정적 시샘의 심리에서 그런 것일까. 스캔들을 로맨스로 보아줄 관용은 진정 조금도 없는 것인가. 나만의 시계視界를 너한테는 사랑으로 바꿔 줄 비방은 아예 없는가. 공동선을 향한 선의는 두꺼운 책에만 존재하는가.

스캔들과 로맨스는 부러움과 시기의 반영인지도 알기 어렵다. 스캔들과 로맨스의 바닥에 깔린 마음의 뿌리는 무엇일까. 로맨스는 부럽지만 남의 것이기에 시기심이 작용하여 스캔들로 덧칠하고 싶은 것일까. 내 것이 아니니 멀찍이 바라볼 거리감이 작용해서 진실을 발견하는 때문인가. 스캔들과 로맨스가 합치하는 세상은 진정 없는 것인가. 음양의 조화처럼 화합과 원융圓融의 보름달은 하늘에만 떠 있는가. 그것이 궁금하기만 하다.

스캔들과 로맨스 사이에 어쩌면 진실이 숨겨 있을지 모르겠다. 사태의 본질은 로맨스도 아니고, 스캔들도 아닌 그 사이 어디쯤에 오뚝하니 앉아있는 건 아닐까. 사물의 무게 중심이 양극단이 아니라 중심점에 놓이는 것처럼. 스캔들도 시간이 흐르면 로맨스로 바뀌기도 하니 말이다. 스캔들이건 로맨스건 변치 않고 영원무궁한 것이 세상에 실재하기는 하는 것인가.

타인의 글을 볼 때 나는 스캔들의 관점에서 보게 된다. 읽다보면 문제만 자주 눈에 뜨인다. 지적할 것이 손쉽게 잡힌다. 남의 제사에 배 놓아라, 감을 놓아라, 참견하고 싶다. 장기판 훈수 두는 것 마냥 재미가 쏠쏠하다. 어쩔 땐 스캔들처럼 떠벌이고 싶다. 그런데 내 글은 로맨스로만 보인다. 남의 글을 읽으며 한 눈에 보이는 문제가 내 글에서는 좀처럼 눈에 띄지 않는다. 작은 것이라도 캐어내고 쑤셔댄다면 흠집을 찾아낼 수 있을 테고, 타인의 눈으로 보아가면서 거꾸로 보고, 뒤에서도 보려 한다면 스캔들 거리를 찾아낼 수도 있으리라.

글을 읽고 평을 쓰는 일은 스캔들을 캐는 민완 기자를 닮아간다. 로맨스보다는 스캔들에 세상의 이목이 더욱 관심을 끌기 때문이라 그런가. 로맨스보다 스캔들을 다루는 것이 한층 흥미가 솟아난다. 자신의 열등감을 은근하게 감추고 우월감을 슬쩍 대신 드러낼 수도 있어서일지도 모른다. 누구라도 열등감은 숨기고 우월감을 내놓고 싶어하지 않는가. 비평가인들 이에서 벗어나기 쉬울까. 문인상경(文人相輕; 작가는 남의 글을 가벼이 여긴다)이란 말은 괜히 나왔을까.

비평을 하면서 로맨스로만 본다거나 스캔들에만 치중한다면 결코 바르다하기도 어려울 터. 로맨스의 시선에서도 멀고, 스캔들 사건에서도 벗어난 쪽으로 다가서게 쓸 수만 있다면 얼마나 좋겠는가. 어쩌면 비평이란 행위는 스캔들과 로맨스 사이 어디쯤에 있을 것만 같다. 나의 비평도 자주 스캔들과 로맨스 사이에서 길을 잃는데, 왜 그런지 그것이 아직도 궁금하기만 하다.

스캔들과 로맨스 2

남녀의 개별 사연을 타인이 뭐라 한다. 얼마 전 국제 영화제에서 수상한 유명 여배우의 경우가 그렇다. 그들을 비난하는 편의 잣대로는 스캔들이다. 로맨스로 보는 건 둘만 그럴지 모른다. 그네의 사연은 진정 스캔들일까, 로맨스일까? 그게 궁금하다.

과거로 돌아가면 유사한 사건이 여럿 있다. 국내에선 영화배우 최무룡과 김지미도 그런 일이 있었고, 외국에선 잉그릿드 버그만도 그랬다 하고, 엘리자베스 테일러도 그런 걸로 알고 있다. 이런 사연은 꼽아보면 적지 않다. 요즘만이 아니라 앞으로도 흡사한 사연들이 끊이지 않을 것이다. 남녀 사이에서 일어나는 어쩌면 자연스러운 일인지 모르겠다.

인간의 로맨스는 모두 부러워한다. 아름다운 사랑의 행태로 보며 누구나 선망하는 일이다. 본능적 애욕의 당연한 발현으로 이해할 수 있다. 자기를 귀애貴愛하는 마음으로 다른 누군가를 사랑하는 것으로 보는 것이다. 남을 사랑한다는 것은 자신의 사랑이 외부로 향한 것이니 그럴 만도 하다는 생각이다.

문학에선 로맨스가 단골 주제의 하나다. 선화공주와 서동, 평강공주와 온달의 설화는 성춘향과 이몽룡으로 이어지고, 서양에선 로미오와 줄리엣이 대표적이다. 젊은 남녀의 사랑이 아름다운 결실 혹은 비극적인 결말로 다르지만, 분명한 것은 이 로맨스를 비난하거나 부정적으로 볼 꼬투리를 찾기 어렵다. 독자의 마음에 선망의 불씨를 심어두는 로맨스가 아니던가.

치정癡情이라 불리는 스캔들은 흔한 시빗거리다. 손가락질을 해야만 하고 외면해도 좋은 죄악의 하나로 보려한다. 성경에서 말하는 부정한 간음의 시선에서 멀리 벗어나지 못한다. 이 또한 문학에서도 즐겨 다룬다. '금병매'의 서문경과 반금련, '적과흑'의 줄리앙, 이광수 '유정'의 최석과 남정임, '차털리 부인의 사랑'에서 코니와 멜라스, '마담 보바리'의 엠마 등이 소설에서 만나는 스캔들 주인공이다. 대중적 사회의 시각에선 그렇게 볼만하다. 작가는 스캔들을 로맨스로 전환시키고 싶어 한다. 이 판단은 독자의 몫이지만 가능하기도 하다.

현실이나 문학에서 드러난 사태는 동일하지만 한 편에선 로맨스나 다른 시선에선 스캔들이다. 누구라도 자신과 주인공에게 벌어진 상황을 스캔들로 인정하기 꺼린다. 향기가 폴폴 새는 로맨스로만 보고 싶어 한다. 자기애가 넘쳐서 그런지(　　　) 모른다. 자존감이 드러난 것일 수도 있고, 생명체 본연의 외침일 수도 있겠다. 아니면 각자의 인생을 너무 사랑해서 일어나는 착각은 아닐까. 일회적 인생이 아쉬우니 고집스럽게라도 본능 따라 직진하는 것일까.

대다수는 남의 로맨스를 굳이 스캔들로 보고 싶어 한다. 경쟁의 심리일까, 부러움의 반작용일까. 타인에게 일어난 일은 스캔들의 관점에서만 보려고 한다. 내 것이 중요한 만큼 남의 것은 깎아내리고자 하는 감정적 시샘의 심리에서 그런 것일까. 스캔들을 로맨스로 보아 줄 관용은 진정 조금도 없는 것인가. 나만의 시계視界를 너한테는 사랑으로 바꿔 줄 비방은 아예 없는가. 공동선을 향한 선의는 두꺼운 책에만 존재하는가.

스캔들과 로맨스는 부러움과 시기의 반영인지도 알기 어렵다. 스캔들과 로맨스의 바닥에 깔린 마음의 뿌리는 무엇일까. 로맨스는 부럽지만 남의 것이기에 시기심이 작용하여 스캔들로 덧칠하고 싶은 것일까. 내 것이 아니니 멀찍이 바라볼 거리감이 작용해서 진실을 발견하는 때문인가. 스캔들과 로맨스가 합치하는 세상은 진정 없는 것인가. 음양의 조화처럼 화합과 원융圓融의 보름달은 하늘에만 떠 있

스캔들과 로맨스 사이에 어쩌면 진실이 숨겨 있을지 모르겠다. 사태의 본질은 로맨스도 아니고, 스캔들도 아닌 그 사이 어디쯤에 오뚝하니 앉아있는 건 아닐까. 사물의 무게 중심이 양극단이 아니라 중심점에 놓이는 것처럼. 스캔들도 시간이 흐르면 로맨스로 바뀌기도 하니 말이다. 스캔들이건 로맨스건 변치 않고 영원무궁한 것이 세상에 실재하기는 하는 것인가.

타인의 글을 볼 때 나는 스캔들의 관점에서 보게 된다. 읽다보면 문제만 자주 눈에 뜨인다. 지적할 것이 손쉽게 잡힌다. 남의 제사에 배 놓아라, 감을 놓아라, 참견하고 싶다. 장기판 훈수 두는 것 마냥 재미가 쏠쏠하다. 어쩔 땐 스캔들처럼 떠벌이고 싶다. 그런데 내 글은 로

맨스로만 보인다. 남의 글을 읽으며 한 눈에 보이는 문제가 (　　) 좀 처럼 눈에 띄지 않는다. 작은 것이라도 캐어내고 쑤셔댄다면 흠집을 찾아낼 수 있을 테고, 타인의 눈으로 보아가면서 거꾸로 보고, 뒤에서도 보려 한다면 스캔들 거리를 찾아낼 수도 있겠지만 말이다. 는지 궁금하기만 하다.

글을 읽고 평하는 일은 스캔들을 캐는 민완 기자를 닮아간다. 로맨스보다는 스캔들에 세상의 이목이 더욱 관심을 끌기 때문이라 그런가. 로맨스보다 스캔들을 다루는 것이 한층 흥미가 솟아난다. 자신의 열등감을 은근하게 감추고 우월감을 슬쩍 대신 드러낼 수 있어서일지도 모른다. 누구라도 열등감은 숨기고 우월감을 내놓고 싶어 하지 않는가. (　　)문인상경(文人相輕: 작가는 남의 글을 가벼이 여긴다)이란 말은 괜히 나왔을까.

작품을 읽으면서 로맨스로만 본다거나 스캔들에만 치중한다면 결코 바르다하기도 어려울 터. 로맨스의 시선에서도 멀고, 스캔들 관점에서도 벗어난 쪽으로 다가서게 볼 수만 있다면 얼마나 좋겠는가. 어쩌면 진짜 감상은 스캔들과 로맨스 사이 어디쯤에 있을 것만 같다. 나의 독서도 자주 스캔들과 로맨스 사이에서 길을 잃는데, 왜 그런지 무척 궁금하다.

그것이 궁금하다 3

어떤 남녀의 개별 사연을 타인이 뭐라 한다. 얼마 전 국제 영화제에서 수상한 유명 여배우와 감독의 경우가 그렇다. 그들을 비난하는 편의 잣대로는 스캔들이다. 로맨스로 보는 건 둘만 그럴지 모른다. 그건 진정 스캔들일까, 로맨스일까? 정말 궁금하지 않은가.

과거로 돌아가면 유사한 사건이 여럿 있다. 국내에선 영화배우 최무룡과 김지미도 그런 일이 있었고, 외국에선 잉그릿드 버그만도 그랬다 하고, 엘리자베스 테일러도 그런 걸로 알고 있다. 이런 일은 꼽아보면 적지 않다. 요즘만이 아니라 앞으로도 흡사한 사고들이 끊이지 않을 것이다. 남녀 사이에서 일어나는 어쩌면 자연스러운 일인지 모르겠다.

인간의 로맨스는 모두 부러워한다. 아름다운 사랑의 행태로 보며 누구나 선망하는 일이다. 본능적 애욕의 당연한 발현으로 받아들이기 때문이라, 자기를 귀애貴愛하는 마음으로 다른 누군가를 사랑하는 것으로 보는 셈일까. 남을 사랑한다는 것은 자기애가 외부로 향한 것이니 그럴 만도 하다는 생각이 든다.

문학에선 로맨스가 단골 주제의 하나다. 선화공주와 서동, 평강공주와 온달의 설화는 성춘향과 이몽룡으로 이어지고, 서양에선 로미오와 줄리엣이 대표적이다. 젊은 남녀의 사랑이 아름다운 결실 혹은 비극적인 결말로 다를지라도 분명한 것은 이 로맨스를 비난하거나 부정적으로 볼 꼬투리를 찾기 어렵다. 독자의 마음에 선망의 불씨를 심어두는 아름다운 로맨스가 아니던가.

치정癡情이라 불리는 스캔들은 흔한 시빗거리다. 손가락질을 해야만 하고 외면해도 좋은 죄악의 하나로 보려한다. 성경에서 말하는 부정한 간음의 시선에서 멀리 벗어나지 못한다. 이 또한 문학에서도 즐겨 다룬다. '금병매'의 서문경과 반금련, '적과흑'의 줄리앙, 이광수 '유정'의 최석과 남정임, '차털리 부인의 사랑'에서 코니와 멜라스, '마담 보바리'의 엠마 등이 소설에서 만나는 스캔들 주인공이다. 대중적 사회의 시각에선 그렇게 볼만하지만 작가는 스캔들을 로맨스로 전환시키고 싶어 한다. 이 판단은 독자의 몫이지만 가능한 일이라 토를 달기 어렵다.

현실이나 문학에서 드러난 사태는 동일하지만 한 편에선 로맨스나 다른 시선에선 스캔들이다. 누구라도 자신과 주인공에게 벌어진 상황을 스캔들로 인정하기 꺼린다. 향기가 폴폴 새는 로맨스로만 보고 싶어 하니 자기애가 넘쳐서 그런지 모른다. 자존감이 드러난 것일 수도 있고, 생명체 본연의 외침일 수도 있겠다. 아니면 각자의 인생을 너무 사랑해서 일어나는 착각은 아닐까. 일회적 인생이 아쉬우니 고집스럽게라도 본능 따라 직진하는 것일까.

대다수는 남의 로맨스를 굳이 스캔들로 보고 싶어 한다. 경쟁의 심리일까, 부러움의 반작용일까. 타인에게 일어난 일은 스캔들의 관점에서만 보려고 한다. 내 것이 중요한 만큼 남의 것은 깎아내리고자 하는 감정적 시샘의 심리에서 그런 것일까. 스캔들을 로맨스로 보아줄 관용은 진정 조금도 없는 것인가. 나만의 시계視界를 너한테는 사랑으로 바꿔 줄 비방은 아예 없는가. 공동선을 향한 선의는 두꺼운 책에만 존재하는가.

스캔들과 로맨스는 부러움과 시기의 반영인지도 알기 어렵다. 스캔들과 로맨스의 바닥에 깔린 마음의 뿌리는 무엇일까. 로맨스는 부럽지만 남의 것이기에 시기심이 작용하여 스캔들로 덧칠하고 싶은 것일까. 내 것이 아니니 멀찍이 바라볼 거리감이 작용해서 진실을 발견하는 때문인가. 스캔들과 로맨스가 합치하는 세상은 진정 없는 것인가. 음양의 조화처럼 화합과 원융圓融의 보름달은 하늘에만 떠 있는지 궁금하기만 하다.

스캔들과 로맨스 사이에 어쩌면 진실이 숨겨 있을지 모르겠다. 사태의 본질은 로맨스도 아니고, 스캔들도 아닌 그 사이 어디쯤에 오뚝하니 앉아있는 건 아닐까. 사물의 무게 중심이 양극단이 아니라 중심점에 놓이는 것처럼. 스캔들도 시간이 흐르면 로맨스로 바뀌기도 하니 말이다. 스캔들이건 로맨스건 변치 않고 영원무궁한 것이 참말 세상에 실재하기는 하는 것인가.

타인의 글을 볼 때 나는 스캔들의 관점에서 보게 된다. 읽다보면 문제만 자주 눈에 뜨인다. 지적할 것이 손쉽게 잡힌다. 남의 제사에 배 놓아라, 감을 놓아라, 참견하고 싶다. 장기판 훈수 두는 것 마냥 재미가 쏠쏠하다. 어쩔 땐 스캔들처럼 떠벌이고 싶다. 그런데 내 글은 로맨스로만 보인다. 남의 글을 읽으며 한 눈에 보이는 문제가 좀처럼 눈에 띄지 않는다. 작은 것이라도 캐어내고 쑤셔댄다면 흠집을 찾아낼 수 있을 테고, 타인의 눈으로 보아가면서 거꾸로 보고, 뒤에서도 보려 한다면 스캔들 거리를 찾아낼 수도 있겠지만 말이다.

글을 읽고 뭐라 하는 건 스캔들을 캐는 민완 기자를 닮아간다. 로맨스보다는 스캔들에 세상의 이목이 더욱 관심을 끌기 때문이라 그런가. 로맨스보다 스캔들을 다루는 것이 한층 흥미가 솟아난다. 자신의 열등감을 은근하게 감추고 우월감을 슬쩍 대신 드러낼 수 있어서일지도 모른다. 누구라도 열등감은 숨기고 우월감을 내놓고 싶어 하지 않는가. 문인상경(文人相輕: 작가는 남의 글을 가벼이 여긴다)이란 말은 괜히 나왔을까.

작품을 읽으면서 로맨스로 보려하거나 스캔들에 치중한다면 결코 바르다하기도 어려울 터. 로맨스의 시선에서 멀고, 스캔들 관점에서도 벗어난 쪽으로 다가서게 볼 수만 있다면 얼마나 좋겠는가. 어쩌면 진짜 감상은 스캔들과 로맨스 사이 어디쯤에 있을 것만 같다. 나의 독서도 자주 스캔들과 로맨스 사이에서 길을 잃는데, 왜 그런지 무척 궁금하기만 하다.

그것이 궁금하다 4(최종본)

어떤 남녀의 개별 사연을 타인이 뭐라 한다. 얼마 전 국제 영화제에서 수상한 유명 여배우와 감독의 경우가 그렇다. 그들을 비난하는 편의 잣대로는 스캔들이다. 로맨스로 보는 건 둘만 그럴지 모른다. 그건 진정 스캔들일까, 로맨스일까? 정말 궁금하지 않은가.

과거로 돌아가면 유사한 사건이 여럿 있다. 국내에선 영화배우 최무룡과 김지미도 그런 일이 있었고, 외국에선 잉그릿드 버그만도 그랬다 하고, 엘리자베스 테일러도 그런 걸로 알고 있다. 이런 일은 꼽아보면 적지 않다. 요즘만이 아니라 앞으로도 흡사한 사태가 끊이지 않을 것이다. 남녀 사이에서 일어나는 어쩌면 자연스러운 일인지 모르겠으니까.

누구나 로맨스를 모두 부러워한다. 아름다운 사랑으로 보아 내심 선망하는 일이다. 본능적 애욕의 당연한 발현으로 받아들이기 때문이라, 자기를 귀애貴愛하는 마음에서 다른 누군가를 사랑하는 것일까. (　　　　　　)

문학에선 로맨스가 단골 주제의 하나다. 선화공주와 서동, 평강공주와 온달의 설화는 성춘향과 이몽룡으로 이어지고, 서양에선 로미오와 줄리엣이 대표적이다. 젊은 남녀의 사랑이 아름다운 결실 혹은 비극적인 결말로 다를지라도 분명한 것은 이 로맨스를 비난하거나 부정적으로 볼 꼬투리를 찾기 어렵다. 독자의 마음에 부러운 불씨를 심어두는 어여쁜 로맨스가 아니던가.

치정癡情이라 불리는 스캔들은 흔한 시빗거리다. 손가락질을 해야만 하고 침 뱉어도 좋은 죄악의 하나로 보려한다. 성경에서 말하는 부정한 간음의 시선에서 멀리 벗어나지 못한다. 이 또한 문학에서도 즐겨 다룬다. '금병매'의 서문경과 반금련, '적과 흑'의 줄리앙, 이광수 '유정'의 최석과 남정임, '차털리 부인의 사랑'에서 코니와 멜라스, '마담 보바리'의 엠마 등이 소설에서 만나는 스캔들 주인공이다. 대중적 사회의 시각에선 그렇게 볼만하지만 작가는 스캔들을 로맨스로 전환시키고 싶어 한다. 이 판단은 독자의 몫이지만 가능한 일이라 토를 달기 어렵다.

현실이나 문학에서 드러난 일은 동일하지만 한 편에선 로맨스나 다른 시선에선 스캔들이다. 누구라도 자신에게 벌어진 상황을 스캔들로 인정하기 꺼린다. 향기가 폴폴 새는 로맨스로만 보고 싶어 하니 자기애가 넘쳐서 그런지 모른다. 자존감이 드러난 것일 수도 있고, 생명체 본연의 외침일 수도 있겠다. 아니면 각자의 인생을 너무 사랑해서 일어나는 착각은 아닐까. 일회적 인생이 아쉬우니 고집스럽게라도 본능 따라 직진하는 것일까.

대다수는 남의 로맨스를 굳이 스캔들로 보고 싶어 한다. 경쟁의 심리일까, 부러움의 반작용일까. 타인에게 일어난 일은 스캔들의 관점에서만 보려고 한다. 내 것이 중요한 만큼 남의 것은 깎아내리고자 하는 감정적 시샘의 심리에서 그런 것일까. 스캔들을 로맨스로 보아 줄 관용은 진정 조금도 없는 것인가. 나만의 시계視界를 너한테는 사랑으로 바꿔 줄 비방은 아예 없는가. 공동선을 향한 선의는 두꺼운 책에만 존재하는가.

스캔들과 로맨스는 부러움과 질투의 반영인지도 알기 어렵다. 스캔들과 로맨스의 바닥에 깔린 마음의 뿌리는 무엇일까. 로맨스는 부럽지만 남의 것이기에 시기심이 작용하여 스캔들로 덧칠하고 싶은 것일까. 내 것이 아니니 멀찍이 바라볼 거리감이 작용해서 진실을 발견하는 때문인가. 스캔들과 로맨스가 합치하는 세상은 진정 없는 것인가. 음양의 조화처럼 화합과 원융圓融의 보름달은 하늘에만 떠 있는지 궁금하기만 하다.

스캔들과 로맨스 사이에 어쩌면 진실이 숨겨 있을지 모르겠다. 사태의 본질은 로맨스도 아니고, 스캔들도 아닌 그 사이 어디쯤에 오뚝하니 앉아있는 건 아닐까. 사물의 무게 중심이 양극단이 아니라 중심점에 놓이는 것처럼. 스캔들도 시간이 흐르면 로맨스로 바뀌기도 하니 말이다. 스캔들이건 로맨스건 변치 않고 영원무궁한 것이 참말 세상에 실재하기는 하는 것인가.

타인의 글을 볼 때 나는 스캔들의 관점에서 보게 된다. 읽다보면 문제만 자주 눈에 뜨인다. 지적할 것이 손쉽게 잡힌다. 남의 제사에 배 놓아라, 감을 놓아라, 참견하고 싶다. 장기판 훈수 두는 것 마냥 재미가 쏠쏠하다. 어쩔 땐 스캔들처럼 떠벌이고 싶다. 그런데 내 글은 로맨스로만 보인다. 남의 글을 읽으며 한 방에 보이는 문제가 좀처럼 눈에 띄지 않는다. 작은 것이라도 캐어내고 쑤셔댄다면 흠집을 찾아낼 수 있을 테고, 타인의 눈으로 보아가면서 거꾸로 보고, 뒤에서도 보려 한다면 스캔들 거리를 찾아낼 수도 있겠지만 말이다.

글을 읽고 뭐라 하는 건 스캔들을 캐는 연예 담당 민완 기자를 닮아간다. 로맨스보다는 스캔들에 세상의 이목이 더욱 관심을 끌기 때문이라 그런가. 로맨스보다 스캔들을 다루는 것에 한층 흥미가 솟아난다. 자신의 열등감을 은근하게 감추고 우월감을 슬쩍 대신 드러낼 수 있어서일지도 모른다. 누구라도 열등감은 숨기고 우월감을 내놓고 싫어 하지 않는가. 문인상경(文人相輕: 작가는 남의 글을 가벼이 여긴다)이란 말은 괜히 나왔을까.

작품을 읽으면서 로맨스로 보려하거나 스캔들에 치중한다면 결코 바르다하기도 어려울 터. 로맨스 시선에서 멀고, 스캔들 관점에서도 벗어난 쪽으로 다가서게 볼 수만 있다면 얼마나 좋겠는가. 어쩌면 진짜 감상은 스캔들과 로맨스 사이 어디쯤에 있을 것만 같다. 나의 독서도 자주 스캔들과 로맨스 사이에서 길을 잃는 건 아닌지 그 진실이 무척 궁금하기만 하다.(방민, 「그것이 궁금하다」, 에세이문학, 2017년 여름호, 373-376면)

참고문헌

김대식, 「모방의 한계」, 조선일보, 제29896호, 2017. 2. 23, A30.

김서령, 「김서령의 길 위의 이야기 - 서툰 꽃들」, 한국일보, 2016. 11. 8, 31면 오피니언.

김창진, 『작문의 정석』, 삼영사, 2016.

남정욱, 「폭주하는 세상, 신문을 거꾸로 읽어보라」, 조선일보, 2016. 9. 10, B6.

방민, 『방교수, 스님이 되다』, 에세이문학출판부, 2014.

방민, 『미녀는 하이힐을』, 태학사, 2015.

방민, 「그것이 궁금하다」, 『에세이문학』 2017년 여름호, 에세이문학사.

社說, 「김정은의 兄 독살테러도 '있을 수 있다'는 文측 위원장」, 조선일보, 2017. 2. 22, A31.

정민, 「장수선무(長袖善舞)」, 조선일보, 2016. 2. 3, A32.

정민, 「득조지방(得鳥之方)」, 조선일보, 2016. 4. 27, A33.

수필, 이렇게 써보자

초판 1쇄 인쇄 2017년 8월 14일
초판 1쇄 발행 2017년 8월 18일

지은이 | 방민
펴낸이 | 지현구
펴낸곳 | 태학사
등 록 | 제406-2006-00008호
주 소 | 경기도 파주시 광인사길 223
전 화 | (031)955-7580~1(마케팅부) · 955-7587(편집부)
전 송 | (031)955-0910
전자우편 | thaehak4@chol.com
홈페이지 | www.thaehaksa.com

값은 뒤표지에 있습니다.

ISBN 978-89-5966-874-8 03810